Charmed

Elfenkind

Charmed

Zauberhafte Schwestern

Elfenkind

Roman von
Micol Ostow

Aus dem Amerikanischen
von Marc Hillefeld

vgs EGMONT

Bibliografische Information der Deutschen Bibliothek
Die Deutsche Bibliothek verzeichnet diese Publikation in der Deutschen Nationalbibliografie; detaillierte bibliografische Daten sind im Internet über http://dnb.ddb.de abrufbar.

Erstveröffentlichung bei Simon Spotlight Entertainment.
An imprint of Simon & Schuster Children's Publishing Division,
New York 2005.
Titel der amerikanischen Originalausgabe:
Changeling Places
von Micol Ostow

Das Buch »Charmed – Zauberhafte Schwestern. Elfenkind« von Micol Ostow entstand auf der Basis der gleichnamigen Fernsehserie von Spelling Television, ausgestrahlt bei ProSieben.

1. Auflage 2005
© der deutschsprachigen Ausgabe:
Egmont vgs verlagsgesellschaft mbH
Alle Rechte vorbehalten.
Lektorat: Ulrike Reinen
Produktion: Jutta Wallrafen
Titelfoto: © Spelling Television Inc. 2005
Satz: Greiner & Reichel, Köln
Printed in Germany
ISBN 3-8025-3487-5
ab 01.01.2007:
ISBN 978-3-8025-3487-4

www.vgs.de

Für Mom, Dad und David – die es mit mir aushalten, auch wenn der Abgabetermin immer näher rückt.

DANKSAGUNG
Vielen Dank an Beth Bracken und alle Mitarbeiter von Simon Spotlight Entertainment für diese Chance. Und natürlich an Phyllis Ungerleider, die dies alles ermöglicht hat.

Prolog

Für den beiläufigen Betrachter zeichnete sich das Dickicht des Waldes nur durch seinen Reichtum an Wild aus, durch den schier endlosen Teppich aus Grün und den erhabenen Himmel aus Blättern, der sich darüberspannte. Für die meisten Bewohner der nordwestlichen Pazifikküste war diese wunderbare Landschaft etwas ganz Selbstverständliches. Für sie waren auch die atemberaubende Sicht und die gesunde frische Luft ein Teil des Alltags. Nebel und grauer Dunst wurden ebenso teilnahmslos zur Kenntnis genommen wie das brillante, strahlende Sonnenlicht.

Doch das war leichtsinnig.

Nebel und grauer Dunst waren eine Einladung – eine Einladung an die verschiedensten Kreaturen des Waldes, aus ihren Verstecken herauszukriechen und das Unheil anzurichten, für das sie bekannt und gefürchtet waren.

Die Elfen dagegen wussten um diese Gefahr. Sie wussten seit jeher, was sich dort draußen im Schutz der Wälder verbarg. Aus diesem Grund lag ihr Zuhause weit, weit außerhalb. Es duckte sich in eine kleine Ecke des Waldes, durch dichtes Unterholz vor fremden Blicken geschützt, aber auch durch starke Tarnzauber unsichtbar gemacht. Die Elfen kannten die Gefahren des Waldes, und sie trafen alle Maßnahmen, um sich dagegen zu schützen.

An diesem Nachmittag nahm das Leben im Dorf der Elfen seinen ganz normalen Lauf. In den miteinander verbundenen Häuschen bearbeiteten erfahrene Handwerker neues Werkzeug, während andere Dorfbewohner kochten, putzten oder anderen Aufgaben innerhalb des Clans nachgingen. In der Kinderkrippe bettete eine Elfe namens Caitlyn ihren letzten Schützling zur Nachmittagsruhe. Bald schliefen alle Elfenbabys tief und fest, in friedlichem Einklang mit der Elfenenergie, die alles durchflutete. Es war ein friedliches Leben.

Doch das sollte nicht so bleiben.

Ein plötzliches Aufblitzen von blendend weißem Licht und eine Rauchwolke kündigten die unheilvollen Ereignisse an. Plötzlich erschien eine weibliche Gestalt in der Kinderkrippe.

In ihrem engen Kostüm, das fast wie rötliche Bronze schimmerte, bot sie einen beeindruckenden und gleichsam Furcht erregenden Anblick. Langes, rabenschwarzes Haar, durchzogen von silbernen Strähnen, fiel über den Rücken der Gestalt. Der Dress lag so eng an, dass er fast wie aufgemalt wirkte. Ihre Fingernägel waren lang und silbrig, und die Wangenknochen – sie schienen scharf genug um Glas zu schneiden – schimmerten kühl wie Metall.

Wie auf ein Stichwort begannen die Babys in ihren Krippen zu weinen und zu wimmern.

Instinktiv zog Caitlyn das Baby, das sie gerade noch liebkost hatte, an ihre Brust und trat einen Schritt zurück.

»Wie bist du hier hereingekommen?«, fragte sie ungläubig.

Die fremde Frau blickte sie fast mitleidig an. »Ich bitte dich. Jeder Idiot mit einer Kristallkugel und Kenntnissen in einfachster Magie könnte dieses Dorf finden. Ein kleiner Tipp: Ihr solltet euren Schutzzauber verbessern.«

Die Fremde schaffte es, gleichzeitig bedrohlich und gelangweilt auszusehen.

»Was willst du?«, wollte Caitlyn wissen – ihre Stimme war so fordernd, wie sie es unter diesen Umständen fertig brachte.

»Deine Babys«, erwiderte die Fremde fast beiläufig. »Ich bin Mya, Kopfgeldjägerin der Dunklen Mächte. Eine bedeutende Größe der Unterwelt hat es auf euren Nachwuchs abgesehen.«

Sie ließ ihren Blick abschätzig durch die Kinderkrippe gleiten und zog mit einem Ausdruck der Verachtung die Nase kraus. »Obwohl ich mir kaum vorstellen kann warum.«

Caitlyn richtete sich auf – bereit, die Babyelfen zu beschützen. Erst dann dämmerte ihr die Bedeutung der Worte dieser Frau. »Unsere Kinder? *Wer?*«, fragte sie, unfähig, die Panik in ihrer Stimme zu unterdrücken.

»Spielt das eine Rolle?«, fragte Mya nur. »Solange ich bezahlt werde, stelle ich keine Fragen. Aber ich werde nicht bezahlt, bevor ich nicht mit der Beute zurückkomme. Also …«

Mit ihrer schlanken, blassen Hand griff sie nach einem Stab, der am Gürtel ihres Kostüms befestigt war.

Was immer dieser Stab für eine Funktion hatte, dachte Caitlyn, er konnte nichts Gutes bedeuten. »Warte!«, schrie sie schrill. »Vielleicht können wir uns irgendwie einigen.«

Mya zuckte mit den Schultern. »Mir ist es egal, wie wir das hier durchziehen, aber ich werde es zu Ende bringen.«

Tausend Gedanken schossen Caitlyn durch den Kopf, während sie nach einem rettenden Strohhalm suchte. »Wenn es dir wirklich egal ist, dann macht es dir doch auch nichts aus, wenn ich nach einer anderen Lösung suche. Bitte«, flehte sie, den Tränen nahe, »bitte, ich liebe diese Kinder. Ich kann nicht zulassen, dass du sie uns wegnimmst!«

Mya stand reglos da und blickte Caitlyn unverwandt an. Erfüllt von der Angst, die Kopfgeldjägerin könnte jeden Moment die Geduld verlieren, redete Caitlyn hektisch weiter.

»Wir sind Elfen. Du weißt, was für Kräfte wir besitzen und wozu wir fähig sind. Wir können dir menschliche Babys suchen und gegen unsere austauschen. Niemand wird den Unterschied bemerken. Wir beschaffen dir Babys – nur bitte nimm nicht unsere.«

Mya nickte bedächtig. Sie schien ernsthaft über das Angebot nachzudenken. »Wechselbälger«, murmelte sie.

»Ja! Genau!« Caitlyn nickte. »Menschliche Babys.«

»Menschliche Babys sind für meinen Auftraggeber nutzlos«, erwiderte Mya. »Er will eine Armee aufstellen. Menschen sind schwach und sterblich.«

»Nicht, wenn er ihre Kräfte magisch verstärkt«, gab Caitlyn zu bedenken. »Das ist nicht schwer. Und Menschen mit Superkräften wären doch auch viel eindrucksvoller als Elfen – sie wären größer, stärker und mächtiger«, argumentierte sie und schluckte gleichzeitig ihr schlechtes Gewissen hinunter.

Das ist reine Selbstverteidigung, erinnerte sie sich selbst still.

Nachdenklich trommelte Mya mit den silbernen Fingernägeln auf ihren Gürtel. Caitlyn erschauerte bei dem Gedanken, dass die Kopfgeldjägerin die Babys mit diesen Händen berühren könnte.

»Normalerweise weiche ich nicht von den Vorgaben meines Auftrags ab«, murmelte sie.

Das klingt schon mal nicht nach einem *Nein*, dachte Caitlyn und hielt voller Hoffnung den Atem an.

»Aber«, fuhr Mya fort, »du hast da einen interessanten Punkt aufgeworfen. Eine Armee von Menschen … magischen Menschen … wäre sicherlich von Vorteil für meinen Auftraggeber. Er schien mir unkonventionellen Ideen durchaus zugeneigt.« Die Aussicht auf eine möglicherweise höhere Bezahlung bei Ablieferung einer besseren Ware ließ ihre Augen funkeln.

»Also ist es abgemacht?«, fragte Caitlyn schnell und mit einem Anflug von Erleichterung. »Du lässt mich ein paar geeignete Menschenkinder finden?«

»Ich lasse es dich *versuchen*«, nickte Mya. »Aber ich verspreche nichts. Alles hängt davon ab, was du mir als Ersatz bringst.«

»Natürlich«, erwiderte Caitlyn. »Ich werde dir nur die besten Exemplare präsentieren!«

Mya zog eine ihrer geschwungenen Augenbrauen hoch und blickte die Elfenfrau halb skeptisch, halb belustigt an. Tief im Inneren ihrer unheimlichen Augen flackerte zudem Misstrauen auf. »Warum bist du eigentlich so scharf darauf, diesen Plan durchzuziehen? Ich meine – immerhin opferst du dafür menschliche Babys. Ich dachte immer, ihr Elfen wärt gutmütige Kreaturen.«

Caitlyn spürte, wie ihre Wangen sich vor Scham röteten. Sie hatte genau dasselbe gedacht. Natürlich würde sie ihre verzweifelte Entscheidung noch mit Rowan, dem König des Clans, und seinen Beratern besprechen müssen. Aber König und Hoher Rat würden die Sache sicherlich genauso sehen wie sie selbst. Ausweglose Situationen erfordern drastische Maßnahmen, war das nicht so?

Caitlyn richtete sich auf und versuchte, der misstrauischen Kopfgeldjägerin so selbstbewusst wie möglich in die Augen zu sehen. »Du lässt mir keine andere Wahl. Ich darf nicht zulassen, dass du die Sprösslinge unseres Clans entführst.«

»Nur damit wir uns richtig verstehen – ich gebe keine Garantie«, wiederholte Mya noch einmal. »Ich werde mir deine Menschenkinder erst einmal ansehen. Wenn sie mir nicht zusagen, schnappe ich mir eure Bälger, wie ursprünglich geplant.«

Caitlyn nickte. »Natürlich. Wie sollten wir dich auch davon abhalten können?«

»So ist es«, erwiderte Mya selbstbewusst. »Ihr habt drei Tage. Dann komme ich zurück und sehe mir an, was ihr besorgt habt. Ich werde meine Beute mitnehmen – menschlich oder nicht – und sie der Unterwelt übergeben. Meinen Lohn bekommme ich so oder so.«

»Drei Tage sind mehr als genug«, erwiderte Caitlyn. »Ich weiß genau, wo ich mir Menschenbabys holen kann.«

1

»*H*ast du schon die Muffins probiert?«, fragte Piper Halliwell ihre Schwester Phoebe. Sie schob ein Körbchen mit ofenwarmem Gebäck über den Küchentisch direkt unter Phoebes Nase. Der Duft von frisch Gebackenem erfüllte die Küche.

»Hm? Nein, noch nicht«, erwiderte Phoebe, ohne von der Morgenzeitung aufzuschauen. Sie runzelte dabei die Stirn. »Du weißt doch, dass ich so früh morgens noch nichts essen kann. Vor meiner ersten Tasse Kaffee bin ich für überhaupt nichts zu begeistern.« Phoebe schob ihre Lesebrille von der Nasenspitze zurück und blätterte von der Titelseite weiter zum Feuilleton.

Die Sonntagvormittage waren seit jeher eine Oase der Ruhe im Haus der Halliwells. Trotzdem war das nicht gerade die Reaktion, auf die Piper gehofft hatte.

»Wie du willst. Aber du ahnst gar nicht, was dir entgeht. Sie sind frisch gebacken.« Ihre Stimme war ein verführerischer Singsang, getragen von der Hoffnung, Phoebes Meinung doch noch zu ändern.

Ihre Schwester reagierte nicht einmal ansatzweise.

»Erde an Phoebe! Was kann denn in der Zeitung dermaßen interessant sein, dass du nicht einmal so *tust*, als würdest du mir zuhören? Wenn du wirklich keine Muffins willst, dann trink wenigstens einen frisch gepressten O-Saft. Du weißt schon: Das Frühstück ist die wichtigste Mahlzeit des Tages … blabla, und so weiter …«

Seufzend blickte Phoebe endlich über den Rand der Zeitung hinweg ihre Schwester an. »Also, erst einmal ist heute Sonntag. Ich habe nichts weiter vor, als ausgiebig zu faulenzen und vielleicht noch einen Einkaufsbummel einzulegen. Dafür brauche ich wohl kaum besonders viel Energie. Und was mein Interesse für die Zeitung angeht: Der *Chronicle* hat eine neue Ratgeber-Kolumnistin, und ich würde natürlich gern wissen, was die so drauf hat.«

Piper nickte. »Verstehe. Du behältst die Konkurrenz im Auge.«

Phoebe war Ratgeber-Kolumnistin für den *Bay Mirror* – und eine sehr populäre dazu. Ihre bewegte Vergangenheit und ihr rastloses Wesen hatten sicherlich einen ebenso großen Anteil an diesem Erfolg wie der unverwechselbare Schreibstil.

Phoebe grinste unschuldig. »Was ist denn so schlimm daran, wenn ich ein wenig Konkurrenzdenken an den Tag lege?«

Piper konnte sich ein Grinsen nicht verkneifen. »Ein wenig? Phoebe, wenn du nicht so ein gesundes Konkurrenzdenken hättest, wärst du wohl kaum die Starkolumnistin, die wir alle kennen und lieben. Nein, das ist überhaupt nicht falsch, ganz im Gegenteil. Wahrscheinlich ist es genau das, was dich so erfolgreich macht. Aber du weißt ja hoffentlich auch, dass du dir absolut keine Sorgen zu machen brauchst. Ich glaube, du kannst deine Popularität nur weiter steigern, wenn du dich noch einmal auf so eine Fotosession einlässt«, scherzte Piper und spielte dabei auf eine unglückliche Entscheidung an, bei der Phoebes Ehrgeiz wider besseres Wissen mit ihr durchgegangen war.

Phoebe lachte. Pipers Argumentation war absolut wasserdicht. Aber das änderte nichts daran, dass ihr noch ganz andere Dinge durch den Kopf gingen. »Glaub mir, plötzlich im Rampenlicht zu stehen ist eine unglaubliche Erfahrung für mich. Und langsam finde ich tatsächlich Gefallen daran. Aber immer an der Spitze zu stehen übt allmählich auch einen gewissen Druck auf mich aus.«

»Ich habe deine letzte Kolumne gelesen, Phoebe, und glaub mir – du bist in absoluter Topform«, ermutige Piper ihre Schwester.

»Wer ist in Topform?«, fragte Paige Matthews. Sie schlurfe mit müden Augen in die Küche und trug dabei immer noch ein rosafarbenes Tanktop und die Shorts, in denen sie offensichtlich geschlafen hatte. Ihr Haar hatte sie achtlos zu einem etwas wirren Pferdeschwanz gebunden. »*Ich* bin es im Moment jedenfalls nicht. Koffein, bitte«, krächzte sie, rieb sich die Augen und schlurfte wie in Trance hinüber zur Kaffeemaschine, bevor irgendjemand ihrem Wunsch nachkommen konnte.

»Probier mal das hier!«, rief Piper, in der Hoffnung, eine Test-Esserin gefunden zu haben. »Frisch gepresster Orangensaft und Bananen-Nuss-Muffins. Sag mir bitte, dass du hungrig bist!«

»Ungh«, stöhnte Paige. »Ich habe den Fehler gemacht, vor dem Schlafengehen einen fetten Eisbecher zu essen. Mein Magen ist immer noch sauer auf mich. Ich glaube, ich nehme erst mal mit einer Scheibe Toast vorlieb.«

Piper verzog enttäuscht das Gesicht. »Wie ihr wollt. Aber eins sage ich euch – das war das letzte Mal, dass ich für euch zwei Kostverächter in der Küche geschuftet habe«, sagte sie scherzhaft.

»Woher dieser plötzliche Ausbruch von Häuslichkeit?«, wollte Phoebe wissen. Piper war ausgebildete Köchin und als solche bekannt dafür, kulinarische Köstlichkeiten hervorzuzaubern, wenn ihr danach war. Doch nach der Geburt ihres Sohnes Wyatt nahm das Baby fast Pipers gesamte Zeit und Energie in Anspruch.

»Ehrlich gesagt«, antwortete Piper, »war das eine plötzliche Eingebung. Denn Spaß beiseite – das könnte *wirklich* das letzte Mal gewesen sei, dass ich in der Küche für euch schuften kann. Ich weiß nicht, ob ich in Zukunft noch Zeit dafür haben werde.« Piper schien sich damit abgefunden zu haben, dass die Resultate ihrer kulinarischen Kunstfertigkeit so schmählich ignoriert wurden, und nahm sich selbst einen Muffin aus dem Körbchen. Dann ließ sie sich neben Phoebe auf einen leeren Stuhl fallen und biss in das Gebäck. »Mmhhh, wenn ihr wüsstet, was euch entgeht«, schwärmte sie und verdrehte genussvoll die Augen.

»Du tust aber geheimnisvoll«, sagte Phoebe. »Willst du etwa mit dem Zirkus durchbrennen? Überleg dir das gut; mit diesen übergroßen Clownslatschen herumzulaufen ist schwieriger, als man denkt.«

»Ich will gar nicht wissen, woher du das weißt«, sagte Paige mit einem skeptischen Seitenblick auf ihre Halbschwester.

»Macht euch keine Sorgen, ich werde nichts tun, was die Macht der Drei gefährdet«, antwortete Piper. Das war eine versteckte Anspielung auf Phoebes erst kürzlich getroffenen Entschluss, ihrem Boss und Freund Jason nicht nach Hongkong zu folgen und stattdessen im Halliwell-Anwesen zu bleiben, um den beiden anderen Zauberhaften dabei zu helfen, Dämonen das Fürchten zu lehren. Eine Entscheidung, die Piper ohne jede Einschränkung für richtig hielt. Doch das bedeutete nicht, dass Phoebe ihren Jason weniger vermisste.

Piper fuhr bedächtig fort. »Nein, aber jetzt, da Wyatt langsam älter wird, sollte ich darüber nachdenken ... wieder in meinen Beruf zurückzukehren. Oder besser gesagt, ich werde nicht nur darüber nachdenken, sondern es auch tun. Morgen«, stellte sie hastig klar. Dann errötete Piper, ohne etwas dagegen tun zu können. Bei dem Gedanken, Wyatt allein zu lassen, fühlte sie sich ein wenig schuldig – ziemlich schuldig sogar –, aber es war einfach nötig, dass sie sich wieder aktiver um ihren Club, das *P3*, kümmerte. Denn langsam fühlte sich Piper, als ob sie sich selbst ein wenig entglitt. Natürlich würde sie weiter als Mutter für Wyatt da sein – aber sie wollte auch ihre Karriere zurück. Wir leben im 21. Jahrhundert, erinnerte sie sich selbst zum millionsten Mal. Frauen können gleichzeitig eine Familie und eine Karriere haben. Und ich schaffe das auch. Es gab keinen Grund, warum nicht beides möglich sein sollte.

Aber das bedeutete nicht, dass sie wegen dieser Wünsche nicht trotzdem ein schlechtes Gewissen bekam.

Oder sich Sorgen darüber machte, was die anderen nun von ihr denken mochten.

Ihre Gesichter zeigten zwar keine Missbilligung, trotzdem sahen sie mehr als überrascht aus. Piper wusste nicht, ob das ein gutes Zeichen war oder nicht. »Bitte sagt doch was, Leute«, flehte sie, »und starrt mich nicht so an wie ein paar stumme Heringe!«

»Piper, das sind ja großartige Neuigkeiten!« Phoebe schenkte ihrer Schwester endlich ihre volle Aufmerksamkeit. »Es ist nur – na ja, ich hätte nicht gedacht, dass du dich so früh zu diesem Schritt entscheiden würdest. Aber wenn du selbst bereit bist, ist das alles, was zählt.«

Phoebe ließ eine kurze Pause folgen. »Du *bist* doch

bereit, oder? Denn wenn du es nicht bist, wäre das auch völlig okay. Es gibt keine Regeln dafür, wann eine Mutter wieder in den Beruf einsteigen sollte. Du musst tun, was das Beste für dich ist. Und für Wyatt.«

»Du denkst, es ist noch zu früh?«, fragte Piper und spürte, wie sich Unsicherheit in ihr breit machte.

»Vielleicht ein *bisschen* früh«, sagte Paige, während sie nachdenklich ihren Kaffee umrührte. »Aber das muss ja nicht schlecht sein. Ich meine, wenn du für eine große Firma arbeiten würdest, dann wäre dein Mutterschaftsurlaub doch mittlerweile auch schon vorbei, oder? Das Schöne daran, selbstständig zu sein, ist ja, dass du ganz allein entscheiden kannst, wann der günstigste Zeitpunkt gekommen ist.«

Piper seufzte. Ihre Halbschwestern schienen ein ganz klein wenig besorgt zu sein, aber sie wusste auch, dass die beiden nur das Beste für sie wollten. Und tatsächlich wurde ihr immer wieder erzählt, wie schwer es eine arbeitende Mutter immer noch hatte. Hatte sie sich vielleicht doch mehr vorgenommen, als sie stemmen konnte?

»An wie viele Arbeitsstunden pro Woche hast du denn so gedacht?«, wollte Phoebe wissen.

»Ich bin mir noch nicht so sicher. Ich dachte mir, ich gehe morgen Nachmittag einfach mal hin und probiere aus, wie es klappt.« Piper verkniff sich, den beiden zu gestehen, dass sie eigentlich vorgehabt hatte, jeden Tag dieser Woche zur Arbeit zu gehen. Doch jetzt hatte sie das dumpfe Gefühl, etwas übereifrig zu wirken.

»Okay, dieses Gesicht kenne ich«, stellte Phoebe trocken fest, stützte das Kinn auf die Hand und blickte ihre Schwester prüfend an. »Sag schon – was verschweigst du uns?« Plötzlich flackerte die Erkenntnis in Phoebes Augen auf. Sie richtete sich kerzengerade auf. »Du willst wieder Vollzeit arbeiten, stimmt's?«, fragte sie.

Piper machte eine abwehrende Geste. »Ach, komm schon, so schwer kann das nicht sein«, sagte sie, ihre eigenen, nagenden Zweifel überspielend. »Eine Menge Frauen schaffen es, Familie und Arbeit unter einen Hut zu bringen. Und wenn die das schaffen, schaffe ich es auch.«

»Wenn die Briefe meiner Rat suchenden Leserinnen, die ich täglich erhalte, mir etwas sagen, Piper, dann, dass es sehr schwer ist«, gab Phoebe zu bedenken.

»Yeah, und diese Frauen sind nicht einmal Zauberhafte«, warf Paige ein. »Du hast nicht nur die Aufgaben einer Frau mit Kind und Karriere zu bewältigen – sondern auch noch den Stress an der Backe, Unschuldige zu beschützen.«

»Okay, es gibt wohl keine Garantie dafür, dass es tatsächlich so funktioniert, wie ich mir das vorstelle«, gab Piper zu, »oder dass es noch viel schwieriger wird, als ich befürchte, aber ich muss es versuchen. Wie ich schon sagte – eine Menge Frauen wagen diesen Balanceakt und scheinen damit gut klarzukommen. Also werde ich das auch versuchen!«

»Was hält Leo davon?«, wollte Phoebe wissen.

»Er macht sich natürlich Sorgen«, antwortete Piper, »aber er glaubt auch, dass es meine Entscheidung ist und ich selbst herausfinden muss, was für mich am besten funktioniert. Er wird auf Wyatt aufpassen, während ich außer Haus bin.«

»Erledigt er nicht gerade eine Aufgabe für den Rat?«, fragte Paige.

Piper runzelte die Stirn. »Ja, aber er wollte morgen wieder da sein.«

»Und wenn er es nicht schafft?«, gab Paige zu bedenken.

Piper seufzte. »Das wäre ein Problem, in der Tat. Das sind eben die alltäglichen Sorgen, die sich ergeben, wenn man mit einem Wächter des Lichts verheiratet ist. Was soll ich sagen?«

»Sag: Paige, du bist die Größte!«, grinste Paige, die plötzlich vor Energie zu bersten schien.

»Wie bitte?« Piper blickte ihre Halbschwester verständnislos an.

»Na ja, ich weiß, wer Wyatt morgen beaufsichtigen kann – ich!«, rief Paige voller Begeisterung.

»Ähm, nicht dass ich dein Angebot nicht zu schätzen wüsste, aber – musst du morgen nicht selbst zur Arbeit?«

Paige verschränkte die Arme vor der Brust. »Ja, allerdings. Hört mir in diesem Haus denn überhaupt niemand mehr zu?«, fragte sie in gespielter Frustration. »Ich habe doch letzte Woche mit einem neuen Job angefangen. In einer *Kindertagesstätte*«, fügte sie pointiert hinzu.

»Stimmt, ja!«, nickte Phoebe und grinste. »Du hast uns davon erzählt, sicher! Und von diesem Kind, das ständig in der Nase bohrt und –«

»Das tut jetzt nichts zur Sache«, schnitt Paige ihr das Wort ab.

»Aber das beweist, dass ich zugehört habe«, schloss Phoebe voller Zufriedenheit und nippte an ihrem Kaffee.

»Wie dem auch sei, ich habe den Job auch deshalb angenommen, weil ich ein bisschen mehr Erfahrung in der Kinderbetreuung sammeln will«, erklärte Paige. »Wenn du also tagsüber im Club arbeitest und Leo unterwegs ist, bin ich doch die Idealbesetzung.«

Piper zögerte noch. Alles, was die beiden sagten, war

richtig, doch irgendetwas an dem Wort »Kindertagesstätte« gab ihr einen Stich und rief ihr schlechtes Gewissen wieder auf den Plan. »Leo!«, rief sie und beschwor so ihren Ehemann herbei.

Einen Augenblick lang war die Küche des Halliwell-Hauses von einem sanft schimmernden Licht erfüllt, als Pipers Mann Leo aus dem Nichts auftauchte. Dann verlosch das Leuchten wieder, und Leo lächelte seine Frau und seine Schwägerinnen an. »Was gibt's denn?«, fragte er.

»Ich habe Piper gerade gesagt, dass ich Wyatt morgen gerne in die Kita mitnehmen möchte«, erklärte Paige grinsend.

»Welche Kita?«, wollte der verwirrte Leo wissen.

Paige funkelte ihn beleidigt an. »Die Kindertagesstätte, in der ich seit letzter Woche arbeite. Schon vergessen?«

»Natürlich nicht«, erwiderte Leo schnell. »Tut mir Leid, Paige. Ich weiß nur gerade nicht, wo mir der Kopf steht vor Arbeit.«

»Umso besser, dass du dir mit deiner derzeitigen Aufgabe jetzt ein oder zwei Tage mehr Zeit lassen kannst«, sagte Phoebe und wedelte enthusiastisch mit der Hand. »Denn Paige wird den kleinen Wyatt einfach in ihre Kita mitnehmen.«

Leo blickte Paige dankbar an. »Würdest du das wirklich tun?«, fragte er. »Ich schätze, es wird gut für ihn sein, mit anderen Babys zu spielen, und ich würde mich sicher besser fühlen, wenn ich Wyatt in deinen Händen wüsste. Ich bin mir sicher, dass er lieber mit anderen Kindern zusammen wäre als immer nur mit uns langweiligen Erwachsenen. Spielzeug, Lärm und Tante Paige? Das hört sich perfekt an. Findest du nicht?« Angesteckt von

Paiges und Phoebes Begeisterung wandte sich Leo seiner Frau zu.

Piper zuckte mit den Schultern. »Kindertagesstätte … ist das nicht ein anderes Wort für ›Rabenmutter‹?«, fragte sie unsicher.

»Nein, ich denke eher, es steht für berufstätige Mutter‹ – was ja genau das ist, was du sein möchtest«, korrigierte Phoebe ihre Schwester und tätschelte ihr dabei aufmunternd den Arm. »Gib deinem Herzen einen Ruck. Früher oder später wirst du es ohnehin ausprobieren. Und auf diese Weise weißt du wenigstens, dass dort ein Mensch arbeitet, dem du vertrauen kannst.«

»Er bleibt quasi in der Familie«, stimme Paige zu. »Es ist nicht anders, als ob ich *zu Hause* auf Wyatt aufpassen würde. Sogar noch besser, denn so ist Wyatt auch noch mit anderen Kindern zusammen.«

»Auch mit Babys, die so jung sind wie er?«, fragte Piper zweifelnd.

Paige nickte. »Aber sicher. Absolut. Es gibt sogar einen Babybereich mit einer ausgebildeten Kinderkrankenschwester und allem drum und dran. Im Ernst, Piper – glaubst du wirklich, ich würde Wyatt mit an einen Ort nehmen, an dem man sich nicht bestens um ihn kümmert?«

Piper blickte ihre Schwestern an und sah die ehrliche Aufrichtigkeit in ihren ebenmäßigen Gesichtszügen. Auch Leo sah Piper erwartungsvoll an. Dass Phoebe die Idee für großartig hielt, war klar. Und warum auch nicht?, dachte Piper dann. Sie hatte nie auch nur eine Sekunde gezögert, Wyatt hier im Haus der Obhut von Paige anzuvertrauen. Und bei all den unerwünschten dämonischen Hausbesuchen der letzten Zeit, setzte sie den Gedanken fort, ist Wyatt in einer Kindertagesstätte wohl tatsächlich sicherer aufgehoben.

»In Ordnung«, sagte sie schließlich und gab ihrem Herzen einen Ruck. »Ihr habt gewonnen. Ab morgen verbringt Wyatt den Tag in der Kita.«

Eine Kindertagesstätte, dachte Phoebe, ist eine gute Lösung und ein absolut verantwortungsvoller Weg, für Wyatts Wohlergehen zu sorgen.

Nach dem Frühstück hatte sie sich mit dem Laptop in ihr Zimmer zurückgezogen, um in Ruhe arbeiten zu können.

Auch wenn sie es Piper gegenüber nicht hatte zugeben wollen, so war sie wegen ihrer Kolumne doch nervöser, als es ihr selbst lieb war. Nicht dass Phoebe ihr Talent als Autorin plötzlich angezweifelt hätte – doch seit neustem bekam sie eine Menge Briefe von einer bestimmten Lesergruppe. Einer Lesergruppe, von deren Nöten und Sorgen sie nicht unbedingt das meiste verstand: Auf ihrem Schreibtisch häuften sich hilflose Briefe frisch gebackener Mütter.

So wie dieser:

Liebe Phoebe,
mein Mann und ich stecken jetzt schon seit längerer Zeit in einer ziemlichen Zwickmühle, und ich hoffe, Sie können uns helfen! Vor zwei Monaten habe ich nämlich meine kleine Tochter zur Welt gebracht, und mein Mutterschaftsurlaub ist bald abgelaufen. Ich würde sehr gerne zu Hause bleiben und für sie sorgen, aber leider sind wir auf mein Gehalt angewiesen, um über die Runden zu kommen. Ich habe mir sagen lassen, dass die Kinder-

tagesstätten in San Francisco sehr Vertrauen erweckend und zuverlässig seien. Wissen Sie, ob das stimmt? Oder vielleicht können Sie uns auch sagen, auf was wir bei der Wahl einer Kita besonders achten müssen. Ich wüsste nicht einmal, welche Fragen ich überhaupt stellen sollte. Und raten Sie uns jetzt bitte nicht, einfach unsere Freunde zu fragen, denn die haben bisher noch keine Babys!

Eine Frage von:
Allein und Unsicher

Phoebe las diesen Brief jetzt schon zum zigsten Mal. Ironischerweise war sie nach Wyatts Geburt so sehr in ihrer Rolle als Tante aufgegangen, dass sie oft gefragt wurde, ob *sie* die Mutter des Kindes sei! Aber auch wenn sie ihrem bezaubernden Neffen bedingungslos verfallen war, bestand noch immer ein gewaltiger Unterschied darin, nur seine Tante zu sein oder seine leibliche Mutter. Phoebe war selbst völlig ratlos, wenn es darum ging, diesen Hilfe suchenden Müttern einen guten Rat zu geben. So, wie sie um Wyatts Wohlergehen besorgt war, bestand leicht die Gefahr, ihren Lesern aus Übereifer eine falsche Antwort zu geben. Und – Hand aufs Herz – was wusste sie schon wirklich über Kindertagesstätten?

Tja, morgen um diese Zeit weiß ich mehr, sagte sie zu sich selbst. Wenn Paige mit Wyatt zurückkommt und mir alles erzählt.

Sie musste zugeben, dass sie etwas eifersüchtig war. Piper war Wyatts Mutter, und sie und das Baby verband etwas, das stärker war als jede Magie. Und jetzt würde sich auch noch Paige den ganzen Tag über um den Kleinen kümmern. Natürlich, sie alle konnten Wyatt auf ihre eigene Weise lieben, aber Phoebe wünschte sich doch, auch eine ganz spezielle Rolle in seinem Leben zu spielen.

Nicht nur als »die Frau, die mich aus beruflichen Gründen beobachtet« oder die »übervorsichtige Glucke von einer Tante«.

Phoebe nahm sich fest vor, gleich am Montag, in ihrer Mittagspause, die Buchhandlungen zu stürmen. Sie brauchte dringend ein paar Bücher über Kindererziehung.

Doch zunächst einmal speicherte sie ihre Notizen ab und fuhr das Notebook herunter. Es hatte keinen Zweck, so viel war ihr klar, sich gewaltsam aus einer Schreibblockade herauskämpfen zu wollen. Die richtigen Worte würden ihr schon einfallen, wenn der richtige Zeitpunkt gekommen war. Und bis dahin, nun ja … bis dahin beschäftigten sie ganz andere Dinge. Zum Beispiel dieses nagende, flaue Gefühl im Magen.

Wann hatte sie eigentlich in Sachen Kindererziehung nicht mehr mitreden können? Pipers ganze Schwangerschaft über hatte sie ihrer Schwester zur Seite gestanden und ihr danach geholfen, das Kind zu versorgen. Eigentlich sollte man intuitiv über ein solches Wissen verfügen. Aber es gab noch etwas anderes, das ihr Sorgen machte. Es hatte etwas mit diesem hässlichen, missgünstigen Monster zu tun, das sich neidvoll in ihrem Inneren breit machte. Natürlich wusste sie, dass es keinen Grund gab, sich ausgeschlossen zu fühlen. Das war albern, kindisch sogar. Aber diese Erkenntnis allein konnte das Gefühl noch nicht vertreiben. Piper war Wyatts Mutter. Und jetzt hatte auch Paige eine spezielle Rolle in seinem Leben – selbst, wenn sie nur vorübergehender Natur war. Phoebe dagegen war »nur« Wyatts Tante.

Aber seit wann war es nichts Besonderes mehr, seine Tante zu sein?

»Wo sollen die Sektgläser hin?«

»Mmm«, murmelte Piper nur und tippte geistesabwesend ein paar Zahlenkolonnen in ihren Taschenrechner.

»Lady«, sagte eine mies gelaunte Stimme, »das ist keine Antwort.«

Unsanft wurde ein Karton, in dem sich offensichtlich Sektgläser befanden, vor Pipers Füßen abgestellt. Aus dem Inneren war ein Klirren zu hören, das nichts Gutes verhieß.

»Hey!«, protestierte Piper. »Da drin ist Glas!«

»Yeah, und es ist schwer«, erwiderte der Mann von der Spedition in gereiztem Tonfall.

»Ich hoffe für Sie, dass nichts zerbrochen ist«, knurrte Piper, schnappte sich einen Brieföffner vom Tisch und kniete sich neben dem Karton auf den Boden. Sie schnitt die Wellpappe auf und zog aus dem Inneren einen Sektkelch, der erfreulicherweise heil geblieben war.

»Sie haben Glück«, sagte sie und wedelte mit dem Glas vor der Nase des Spediteurs hin und her. Er ließ sich durch ihre verärgerte Stimme nicht besonders beeindrucken.

»Yeah, und ich warte immer noch auf mein Geld.«

»Was?«, fragte Piper, stand auf und strich sich eine haselnussbraune Strähne aus der Stirn. »Wo ist denn der Rest der Lieferung?«, verlangte sie zu wissen.

Der Mann von der Spedition seufzte und zog sich mit einem Ruck die Hose höher über die Hüften. »Vor dem Club. Wie ich schon mehrmals sagte, während sie offenbar in einer Art Trance versunken waren.«

»Versuchen *Sie* mal, sich durch monatelang liegen gebliebenen Papierkram zu kämpfen«, erwiderte Piper. »Da heuert man eine Vertretung an, damit sie während des Mutterschaftsurlaubs – der zugegebenermaßen etwas kurz ausgefallen ist – die Stellung hält … aber meinen Sie, die halten sich an das perfekt ausgefeilte System? Nein, natürlich nicht …«

Piper war gerade dabei, sich in Rage zu reden, als sie den verständnislosen Blick des Spediteurs bemerkte. Okay, das war's, sagte sie zu sich selbst, langsam drehe ich wohl völlig am Rad. Was dachte sie sich eigentlich dabei, vor diesem Klotz von einem Kerl Monologe zu halten?

»Was soll's«, sagte sie schließlich und fühlte sich unsagbar erschöpft, »geben Sie mir Ihre Rechnung. Auf eine mehr oder weniger kommt es auch nicht mehr an.«

Der Mann von der Spedition gab ein undefinierbares Grunzen von sich und fischte einen zerknitterten Zettel aus seiner ausgebeulten Hosentasche. Er glättet ihn, so gut es ging, kniff die Augen zusammen, um die verschmierten Zahlen auf dem Papier zu entziffern, und reichte die Rechnung dann an Piper weiter. Sie nahm ihm das Papier aus der Hand – mit dem festen Vorsatz, sich nicht anmerken zu lassen, wie sehr sie darauf erpicht war, jede Berührung zu vermeiden.

»Danke«, sagte sie mit einem Blick auf das Papier, um die Richtigkeit der Summe zu überschlagen. Doch die Zahlen verschwammen vor ihren Augen. Kein Zweifel, sie hatte viel zu viele Stunden über dem Taschenrechner und vor dem Computerbildschirm verbracht. »Ich werde mich so schnell wie möglich darum kümmern. Sobald ich mit den anderen Rechnungen fertig bin.« Mit einer Geste deutete sie auf ihren Schreibtisch, auf dem sich wahre Papierberge auftürmten, beschwert durch das Gewicht eines Hefters, der auch schon bessere Tage gesehen hatte.

Der Mann von der Spedition zuckte gleichgültig mit den Schultern. »Sicher. Zahlbar innerhalb von dreißig Tagen.« Dann drehte er sich um und trottete aus dem Büro.

Piper legte keinen Wert darauf, ihn hinauszubegleiten. Sie ließ sich wieder in ihren Stuhl fallen, um sich den Abrechnungen des letzten Monats zu widmen. Doch leider wollte ihr Taschenrechner nicht so wie sie. Egal wie oft sie die Zahlen eingab, die Unkosten des Clubs deckten sich einfach nicht mit den Einnahmen. Was läuft hier falsch?, fragte sie sich in einem Anflug stiller Verzweiflung. Seit Stunden rechnete sie nun alle Zahlen wieder und wieder zusammen, und ihr Gehirn fühlte sich längst an wie eine nutzlose, schwabbelige Masse. Sie blickte auf ihre Uhr: Es war fünf Uhr Nachmittags. Wyatts erster Tag in der Kita war damit offiziell beendet. Und ich habe nicht eine einzige Sache fertig gekriegt, seit ich hier bin, dachte sie reuevoll.

Sicher, sie hatte alles so gemacht wie immer, aber irgendwie war sie nicht ganz bei der Sache gewesen. Auch wenn die Abrechnungen von den Aushilfen lausig schlecht verbucht worden waren, entschuldigte das noch lange nicht einen ganzen verlorenen Arbeitstag. Und dabei hatte sie sich noch nicht einmal um die Planung der Auftritte für den nächsten Monat gekümmert. Piper mochte gar nicht daran denken, welche unangenehmen Überraschungen in dieser Hinsicht noch auf sie warteten.

»Piper, wir sind wieder da!« Eine fröhliche Stimme erklang von außerhalb des Clubs. »Wir haben … autsch!« Dem Ausruf folgte das Klirren von Glas. »Ups.«

Piper sprang auf, um ihren Sohn und ihre Halbschwester zu begrüßen.

»Paige! Wie geht es Wyatt? Und was hast du kaputt gemacht?«, fragte sie und zog dabei die Augenbrauen misstrauisch zusammen. Sie riss den kleinen Jungen förmlich aus Paiges Armen und bedeckte sein Gesicht mit schmatzenden Küssen. »Hast du deine Mommy vermisst? Ja? Hast du sie vermisst?«

»Selbst wenn er schon sprechen könnte, Piper, würdest du ihn überhaupt nicht zu Wort kommen lassen«, bemerkte Paige trocken. »Ja, ich bin sicher, er hat dich vermisst.«

»Wie kommst du darauf? Hat er den ganzen Tag geweint?« Piper blickte von Wyatt auf. »Hat er manchmal geweint? Hat er *überhaupt*-«

»Entspann dich, Schwesterchen. Nein, er hat nicht geweint«, beruhigte Paige sie. »Er war ein richtiger Engel. Er hat Nickerchen gehalten, sein Mittagessen und alle Snacks gegessen und nicht mal diese Giftgasfürze losgelassen, die er sonst scheinbar für wahnsinnig komisch hält.«

»Woher willst du dann wissen, dass er mich vermisst hat?«, erkundigte sich Piper und wiegte Wyatt dabei sanft hin und her. Sie musste zugeben, dass er nicht gerade traumatisiert aussah.

»Weil das in allen Büchern steht, die ich darüber gelesen habe«, erwiderte Paige. »Und weil das absolut normal ist. Warum fragst du eigentlich? Bist du enttäuscht, dass er kein Drama daraus gemacht hat? Wäre es dir lieber, wenn ich ihn dir als heulendes Bündel Elend zurückbringen würde?«

»Nein!«, rief Piper schnell. »Na ja … vielleicht ein

bisschen«, gestand sie sich nach kurzem Zögern ein. »Ich freue mich für dich, dass er sich so gut benommen hat. Vielleicht bin ich nur ein klitzekleines bisschen eifersüchtig. Er hat wahrscheinlich einen angenehmeren Nachmittag verbracht als ich.«

Sie deutete mit einer Geste auf das Papierchaos, das sich im Büro des *P3* auftürmte. »Es war eine Katastrophe. Ich war überhaupt nicht bei der Sache und habe glatt eine Lieferung von Sektgläsern verschwitzt –«

»Eine Lieferung von *zerbrochenen* Sektgläsern«, korrigierte Paige und tippte mit der Fußspitze gegen den Karton, über den sie gerade gestolpert war.

»Ja, vielen Dank auch«, bemerkte Piper sarkastisch. »Wie dem auch sei, die Rechnungsführung ist ein Desaster und ich kann mir beim besten Willen nicht vorstellen, was die Aushilfen aus meinem ausgefeilten Buchungssystem gemacht haben. Selbst in Topform wäre ich durch dieses Durcheinander wahrscheinlich nicht durchgestiegen.«

»Ich schließe aus deinen Worten, dass du *nicht* in Topform warst?«, fragte Paige vorsichtig.

»Schau mich doch an«, erwiderte Paige und deutete auf ihre Kleidung. »So gegen drei habe ich unfreiwillig in Margarita-Sirup geduscht.«

»Oooh«, murmelte Paige mitfühlend und rümpfte die Nase. Sie begutachtete die Flecken auf Pipers Jeans. »Du Arme. Aber ich schätze, die gehen leicht wieder raus.«

»Ich kann nur hoffen, dass es mit der Zeit leichter wird«, sagte Piper.

Wie auf ein Stichwort griff Wyatt mit seinen kleinen Händchen nach einer Strähne ihres Haares und zog daran.

»Aua«, stöhnte Piper erschöpft, während Paige Wyatts

Hand vorsichtig von seiner Beute löste. »Na, wenigstens hat heute *einer* von uns Spaß gehabt.«

Paige blickte noch einmal im Club umher. »Ich glaube trotzdem, dass du einen guten Anfang gemacht hast, Piper. Vielleicht hast du dir einfach zu viel auf einmal vorgenommen?«

»Kann schon sein«, gab Piper zu, obwohl sie diesen Gedanken hasste. Seit wann war sie nicht mehr die perfekt organisierte Herrin jeder Lage?

»Hol deine Tasche aus dem Büro und fahr den Computer herunter. Schluss für heute. Dieses ganze Chaos wird dir nicht weglaufen. Wir lassen uns heute Abend mal richtig gehen. Ich bestelle etwas vom Thai, und wir versumpfen vor der Glotze. Nur diese Dinger hier sollten wir vorher vielleicht noch aus dem Weg räumen.« Paige deutete auf die zehn großen Kartons mit Gläsern, die vor ihnen über den Boden verteilt waren. »Auch wenn wir uns dabei wahrscheinlich einen Bruch heben.«

»Was?« Piper gab einen verzweifelten Laut von sich. »Diese Idioten hätten eine Sackkarre hier lassen sollen!«

»Wo warst du denn, als die Spedition das Zeug abgeladen hat?«, fragte Paige.

»Äh, im Büro, begraben unter einem Berg Papierkram. Wie sollen wir diese Dinger jemals von der Stelle kriegen? Wenn wir nicht aufpassen, geht dabei noch mehr zu Bruch«, seufzte Piper.

»Ach, darüber würde ich mir keine Gedanken mehr machen«, winkte Paige ab. Und auf Pipers fragenden Blick fügte sie hinzu: »Passiert ist passiert – du erinnerst dich?«

Piper zuckte resigniert mit den Schultern und seufzte tief. Paige hatte Recht, darauf kam es jetzt auch nicht mehr an.

2

»Okay, jetzt ganz im Ernst – ist Wyatt nicht das süßeste Baby, das du jemals hier in der Kita hattest?«, fragte Paige, die Augen erwartungsvoll auf ihr Gegenüber gerichtet.

Dori, die Leiterin der *Bayside Kindertagesstätte*, bedachte Paige mit einem irgendwie genervten Blick. »Sicher, Paige. Er ist der Süßeste. Von allen«, antwortete sie mechanisch. Paige hatte das Gefühl, dass Dori diese Frage schon mehr als oft genug gehört hatte.

»Tja, ich schätze mal, ich bin nicht die erste überstolze Tante, die durch diese Räume schwebt, was?«, fragte Paige lächelnd nach. »Das wundert mich ehrlich gesagt überhaupt nicht.«

Dori wiegte Wyatt in ihren Armen und beobachtete, wie er voller Begeisterung eine Plastikrassel schüttelte. »Na ja, er ist schon ein Süßer, das muss ich zugeben«, erwiderte sie schließlich. »Und viel friedlicher als die meisten in seinem Alter«, ergänzte sie mit einem unauffälligen Blick in Richtung einer ganz bestimmten Wiege am anderen Ende des Raums. »Alle Babys sind gleich süß und kleine Engel«, sagte sie im gleichen mechanischen Tonfall, den sie schon vorhin benutzt hatte. Sie zwinkerte Paige zu. »Zumindest sagen wir das jedem, der es hören will.«

»Das kann man wahrscheinlich nur guten Gewissens behaupten, wenn man die Geduld eines Engels hat. Was ich von mir leider nicht behaupten kann«, erwiderte Paige, strich sich eine Strähne aus der Stirn und lehnte sich erschöpft gegen die Wand hinter ihr. »Im Ernst, Dori, wie lange bist du jetzt schon hier? Zehn Jahre? Bewundernswert. Ich weiß nicht, wie du das durchhältst. Ich finde es ja schon anstrengend, diese kleinen Racker bei ihren *Mittagsschläfchen* zu beaufsichtigen.«

Und das war nicht übertrieben, dachte Paige bei sich, noch während sie diese scherzhaften Worte aussprach. Seit knapp einer Woche machte sie diesen Job nun – und schon war sie erschöpft bis auf die Knochen. Mental und körperlich ausgepowert.

Seit sie beschlossen hatte, wieder ins Arbeitsleben zurückzukehren, hatte sie eine ganze Reihe von zeitlich befristeten Jobs angenommen, einige davon anstrengender als andere – aber nichts davon ließ sich mit der Anstrengung vergleichen, die es kostete, acht Stunden lang Kleinkinder zu beaufsichtigen. Und dabei schien es keine Rolle zu spielen, wie alt die Kinder waren. Die Babys mussten ununterbrochen gefüttert und neu gewickelt werden und brauchten Trost, wenn sie anfingen zu weinen.

Die Kinder im Krabbelalter durfte man keine Sekunde aus den Augen lassen, da sie eine Vorliebe dafür hatten, ihre Finger überall hineinzustecken und alles in den Mund zunehmen, was sie dem Fußboden finden konnten.

Die älteren Kinder musste man zwar nicht ununterbrochen beaufsichtigen, doch deshalb waren sie noch längst nicht weniger anstrengend. Paige dröhnten noch immer die Ohren vom schier ununterbrochenen »Paige, kannst du meine Schnürsenkel zubinden …« oder »Paige, kriege ich …« oder Paige-was-auch-immer …

Bisher hatte sie ja keine Vorstellung davon gehabt, wie kompliziert das Leben für ein vierjähriges Kind sein konnte. Aber jetzt empfand sie neuen Respekt für ihre eigenen Eltern, die sie vom Babyalter bis hin zur Zeit der pubertären Rebellion geduldig großgezogen hatten.

Du tust das alles für Wyatt, erinnerte sie sich immer wieder selbst. Nachdem sie die Strapazen ihres neuen Jobs kennen gelernt hatte, war diese Phrase zu ihrem Mantra geworden. Mit diesem Job tat sie sich selbst und ihrem kleinen Neffen etwas Gutes. Dieses Wissen machte das ununterbrochene Windelnwechseln, die ständig laufenden Nasen und die verlegten Spielzeuge erträglich und sogar lohnenswert.

Trotzdem sehnte sie sich nach einer Kaffeepause.

»Sei nicht zu streng zu dir selbst, Paige«, sagte Dori in einem aufmunternden Tonfall. »Es dauert eine Weile, bis man den Bogen heraushat und diese wilde Horde mit Geduld ertragen kann. Und ganz ehrlich – als Paul sich gestern auf Ihre Bluse erbrochen hat, hätte ich nicht gedacht, Sie heute tatsächlich wieder hier zu sehen!«

Die Erinnerung ließ Paige erschauern. »Ja, das war … ein Riesenspaß«, sagte sie, während sie das Gegenteil dachte. Am Rande des Spielzimmers rollte Paul begeistert auf seinem Plastikwagen herum und gab schrille Begeisterungsschreie von sich. Paige hoffte wider besseres Wissen aufrichtig, dass der Kleine nicht gerade erst gefrühstückt hatte oder eines der anderen Kinder die kleine Showeinlage von gestern nachahmen wollte. Lass es nicht wieder mich treffen, lautete das Stoßgebet, das sie gen Himmel schickte.

»Ich versuche mal, Wyatt zu einem Nickerchen zu bewegen«, lächelte Dori und löste vorsichtig die pummeligen Finger von ihrer Schulter, um das Kind in seine Wiege zu legen. »Warum gehst du nicht mal ins Spielzimmer und schaust nach, ob Katie vielleicht Hilfe mit dem Rest der Bande braucht?«

»Sicher«, nickte Paige und stieß sich – innerlich widerstrebend – von der Wand ab, um vom Babyzimmer aus wieder zurück ins Getümmel zu schlurfen. Sie bedauerte es, den Raum verlassen zu müssen. Die Babys genossen einen seltenen Moment gemeinsamer Stille, und Paige wollte so viel Zeit wie möglich mit ihrem Neffen verbringen.

Sie atmete noch einmal tief durch und stieß die Tür auf. Sofort war die Luft von schrillem Kinderlachen und lautem Singsang erfüllt. Wenn Paige gedacht hatte, Wyatt hätte die Lunge eines Marathonläufers, so war sie auf die Kakofonie einer Schar von überdrehten Vierjährigen völlig unvorbereitet.

»Okay, Leute, wo liegt das Problem?«, rief Paige in den Lärm hinein. Sie warf einen schnellen Blick auf Katie, die schmächtige Kinderschwester mit der gewaltigen Stimme, die gerade dabei war, sich einer Gruppe von Vorschülern anzunehmen, deren Familie-Spiel etwas außer Kontrolle geraten war.

»Könnten wir uns jetzt bitte alle mal beruhigen!?«, rief Katie. Paige glaubte fast, die Schallwellen sehen zu können, die aus Katies Mund herauskamen und die Luft zum Schwingen brachten.

Paige ging mit schnellen Schritten zu den kleinen Unruhestiftern hinüber. In ihrer Mitte saß Jonathan, ein kleiner Junge, zusammengekauert auf dem Teppich. Seine Augen waren gerötet, als ob er geweint hätte. Paige kniete sich neben ihn hin, sodass sie einander in die Augen sehen konnten.

»Hey, Kumpel, was ist denn los?«, fragte sie und strich

dem Jungen das Haar aus der Stirn. »Ich dachte, wenn man ›Familie‹ spielt, geht es gewöhnlich etwas ruhiger zu.«

»Ich mag nicht, wie sie es spielt«, sagte er eingeschnappt und nahm den Daumen aus dem Mund, um ihn anklagend auf das schuldbewusste Gesicht eines kleinen Mädchens mit großen, runden braunen Augen zu richten.

»Natalie, erzähl mir doch mal, wie du ›Familie‹ spielst«, schlug Paige sanft vor, »damit ich verstehe, warum Jonathan so verärgert ist.«

Natalie nickte traurig; ihre braunen Zöpfe wippten bei jeder Kopfbewegung auf und ab.

»Ich sollte die Mami spielen und Devon den Papi. Und Jonathan sollte das Baby sein«, erklärte sie.

»Und Jonathan wollte nicht das Baby sein?«, vermutete Paige. Sie konnte sich noch daran erinnern, dass sie selbst es beim Familie-Spielen immer gehasst hatte, das Baby zu sein. Das kleine Kind zu spielen hatte überhaupt keinen Reiz, wenn man selbst noch eins war.

Jonathan schüttelte entschlossen den Kopf. »Nö, das ist mir egal. Das Baby braucht schließlich nicht viel zu tun«, erklärte er, wie Paige fand, ziemlich verschmitzt. Sein Blick verfinsterte sich. »Aber dann wollte sie, dass wir auch eine Elfe im Haus haben. So eine, wie in den Märchen«, fuhr er mit spöttischer Stimme fort. »Dabei weiß doch jeder, dass es Feen und Elfen überhaupt nicht gibt.«

Jeder außer uns Hexen, schätze ich mal, dachte Paige. Wie sollte sie Jonathan erklären, dass er von Magie umgeben war, jeden Tag seines Lebens?

Das ist ganz einfach, Paige, sagte sie dann still zu sich selbst, du erklärst es ihm überhaupt nicht. Als eine der

Zauberhaften war es ihre Aufgabe, die Unschuldigen vor dem Bösen zu schützen, und nicht, sie auf die bedrohliche Allgegenwart von Magie aufmerksam zu machen. Die meisten Menschen würden die Existenz magischer Mächte ohnehin nicht akzeptieren. Und diejenigen, die über das Übersinnliche besser Bescheid wussten, waren meist auch mit besonderen Kräften gesegnet, um sich in der magischen Welt behaupten zu können. Für den Großteil der Normalsterblichen war es jedoch besser, überhaupt nichts von diesen Dingen zu wissen. Paige und ihre Halbschwestern wussten das am besten; sie alle drei hatten es oft genug auf tragische Art und Weise lernen müssen.

»Es stimmt schon, Jonathan, die meisten Menschen glauben nicht an Elfen«, sagte Paige vorsichtig. Es war ein Balanceakt, bei dem sie versuchte, den Jungen nicht direkt anzulügen, ohne ihm mehr von der Wahrheit zu erzählen, als gut für ihn war. »Aber manchmal kann es auch Spaß machen, zu *tun*, als ob es sie gäbe. Wenn ihr spielt, dann tut ihr ja auch nur so, als ob ihr eine Familie wärt, nicht wahr? Also, warum sich nicht einfach vorstellen, dass auch eine Elfe mit im Haus wohnt. Das könnte doch Spaß machen – als ob man einen Drachen als Haustier hätte oder so etwas!«, schlug sie strahlend vor. Jungs mochten schließlich Drachen, soweit sie wusste.

Jonathan blickte sie an, als ob sie den Verstand verloren hätte. »Wir könnten einen *Hund* haben«, erwiderte er schließlich. »Elfen sind etwas für *Mädchen.*« Mit dieser abschließenden Feststellung schnappte er sich eine Actionfigur und stampfte damit hinüber zu einer anderen Gruppe von Kindern, die voller Eifer eine alte Rolle Tapetenpapier bemalte. Alles, was mit ›Familie‹-Spielen, Elfen oder sonstigem Blödsinn zu tun hatte, war damit für ihn erledigt.

Kaum war Jonathan fort, löste sich auch der Rest der Gruppe auf. Offenbar hatten die meisten Kinder Probleme damit, Elfen oder andere unkonventionelle Elemente in ihrer Fantasie zu akzeptieren, wenn sie ›Familie‹ spielten. Eine ziemlich engstirnige Bande, dachte Paige wehmütig. Doch dann fiel ihr ein, wie skeptisch sie selbst gewesen war, als ihre Halbschwestern ihr zum ersten Mal von ihren Kräften erzählt hatten.

Skeptisch? Versuch es mal mit »völlig ungläubig«, berichtigte sie sich. Doch Kinder sollten eigentlich anders sein … voller Kreativität und Fantasie.

Paige wandte sich wieder Natalie zu, die über den unerfreulichen Ausgang ihres Spiels immer noch am Boden zerstört zu sein schien.

»Mach dir nichts draus«, sagte Paige und legte einen Arm um die schmale Schulter des Mädchens. »Jungs sind manchmal komisch. Ich finde es völlig in Ordnung, so zu tun, als würde eine Elfe in eurem Haus wohnen.«

Natalie zuckte mit den Schultern. »Ich hätte nicht versuchen sollen, ihn zu überreden«, murmelte sie, mehr zu sich selbst als zu Paige. »Ich hätte gar nichts über Elfen erzählen dürfen.«

»Hey, es ist nichts dabei, seiner Fantasie freien Lauf zu lassen«, betonte Paige noch einmal. »Ganz ehrlich.«

Natalie schüttelte den Kopf. »Meine Eltern sagen, ich hätte *zu viel* Fantasie.«

»Was?«, fragte Paige ungläubig. »Ich meine, deine Eltern – sie lieben dich und alles, aber Natalie – Fantasie zu entfalten ist etwas Gutes! Glaub mir!«

Natalie zuckte wieder mit den Schultern. »Aber wenn

ich meinen Eltern von den Dingen erzähle, die ich sehe, sagen sie, ich wäre albern.« Plötzlich sah sie nervös aus. »Erzähl ihnen nicht, wie Jonathan wegen der Elfen geweint hat. Dann werden sie wieder böse auf mich sein.«

Paige wollte niemanden die Unwahrheit sagen, und es gehörte zu ihrer Aufgabe, den Eltern jeden Nachmittag von ihren Kindern zu berichten. Aber es konnte wohl nichts schaden, diesen kleinen Zwischenfall unter den Teppich zu kehren. Paige verstand zwar nicht, warum Natalies Eltern etwas dagegen hatten, dass ihre Tochter Gebrauch von ihrer Fantasie machte, aber sie wollte die Sorgen des kleinen Kindes nicht noch größer machen. »Ich werde ihnen bestimmt nichts erzählen, Schatz«, versprach sie. »Aber wenn deine Eltern so etwas böse macht, dann sollten wir das in Zukunft besser nicht mehr tun, okay? Du kannst dir natürlich vorstellen, was du willst, aber wenn die anderen Kinder nicht so spielen wollen, dann ist es besser, allein zu spielen. Verstehst du das? Du willst doch Jonathan nicht wieder zum Weinen bringen, oder?«

»Nein«, sagte Natalie.

»Okay, was hältst du davon?«, fragte Paige in die Hände klatschend – erfüllt von der Hoffnung, Natalie aus ihrer trüben Stimmung herauszureißen. »Wie wäre es, wenn du mir ein Bild von deiner Elfe malst?«

Dieser Vorschlag ließ Natalies Augen aufleuchten.

»Okay!«, stimmte sie zu und rannte hinüber zur Ecke mit den Malutensilien, um sich ein gigantisches Stück rosafarbener Tapete zu schnappen. Dann setzte sie sich an den Tisch und griff nach einem lilafarbenen Buntstift, ohne Paige noch viel Beachtung zu schenken.

Paige seufzte erleichtert. Das war ja noch vergleichsweise einfach gewesen, dachte sie bei sich selbst. Sie warf einen unauffälligen Blick auf ihre Armbanduhr. 12:02 Uhr. Meine Güte. Der Tag war noch so unglaublich lang. Wenn sie es bis zum Feierabend mit dieser Rasselbande aushalten wollte, brauchte sie eine gewaltige Dröhnung Koffein.

»Da hast du das große Drama ja noch einmal abgewendet.« Katies dröhnende Stimme erklang in Paiges Ohr. Paige erschreckte sich dermaßen darüber, dass sie fast einen Luftsprung gemacht hätte – ihr war gar nicht bewusst, wie tief sie in Gedanken versunken gewesen war.

»So gerade noch«, erwiderte Paige und wendete sich Katie zu. »Jonathan würde offensichtlich lieber tot umfallen, als mit imaginären Elfen zu spielen.«

Katie grinste. »Kinder haben so eine lebendige Fantasie.«

Paige nickte. »Stimmt wohl.« Mal abgesehen davon, dachte sie still, dass Elfen absolut real sind.

Plötzlich schoss ein Gedanke durch Paiges Kopf. Elfen konnten unter gewissen Umständen von Kindern gesehen werden. Konnte es sein, dass Natalies Fantasie gar keine war?

Vielleicht war Natalie aber auch ein normales – wenn auch sehr aufgewecktes – vierjähriges Mädchen, das immer noch an Prinzessinnen, Prinzen, Elfen und Drachen glaubte. Zu Recht, dachte Paige, denn die sind ebenfalls allesamt real. Auch wenn das kaum jemand weiß.

In ein paar Jahren würde Natalie diese scheinbaren Kinderfantasien hinter sich lassen. Warum sollte sie ihren Vorstellungsreichtum nicht genießen, solange sie noch an die Wesen ihrer Fantasie glaubte? Es gab überhaupt keinen Grund, aus übereilten Schlussfolgerungen heraus irgendwelchen Stress zu machen.

Oder?

»Was soll das heißen, wir haben für heute Abend keine Band gebucht?«, wollte Piper wissen und funkelte den zu ihrer Vertretung eingestellten Manager mit zusammengekniffenen Augen an. »Garrett, das hier ist ein Club. Per Definition gehört Musik dazu. Wir buchen *jeden* Abend eine Band.«

»Manchmal legt aber auch ein DJ auf«, gab Garrett wenig hilfreich zu bedenken. Er sah Piper mit einem ausdruckslosen Blick aus blauen Augen an.

Piper stemmte die Hände in die Hüften. »Ja, genau. Manchmal. Und heute Abend haben wir weder das eine noch das andere. Könnten Sie mir bitte erklären, wie das passieren konnte? Und ich hoffe schwer, dass Sie eine *gute* Erklärung haben.«

Heute war Pipers zweiter voller Arbeitstag im *P3*, aber es wurde alles andere als einfacher. Zum einen war sie körperlich erschöpft. Wyatt schlief die Nächte noch nicht durch, was bedeutete, dass sie das auch nicht konnte. Leo – der Gute – sprang immer bereitwillig ein, selbst um zwei Uhr morgens, aber das spielte letztendlich keine große Rolle: Wenn Wyatt aufwachte, wachte Piper auch auf. Nach ein paar Nächten, in denen Piper vergeblich gehofft hatte, die eine oder andere Mütze voll Schlaf zu erhaschen, legte sie Leo nahe, es gut sein zu lassen. Sie konnte sich selbst um Wyatt kümmern. Und trotzdem morgens um zehn im *P3* sein, um ihren Job zu machen.

Was wahrscheinlich auch geklappt hätte, wenn im *P3* alles wie geschmiert gelaufen wäre.

Aber nein, das wäre ja auch zu einfach, dachte Piper grimmig. Sie musste ihren Steuerberater bitten, die Steuerunterlagen nachreichen zu können. Schlimm genug, doch auch die gesamte Inventar-Buchführung ging drunter und drüber. Die Sektgläser waren gestern angekommen – jedenfalls so weit sie überlebt hatten –, aber das war auch schon alles. Keine anderen Bestellungen, abgesehen von Getränken, waren in den drei Monaten von Pipers Abwesenheit aufgegeben worden. Das bedeutete, an der Bar wurden die Cocktailgläser langsam knapp, ebenso die Wassergläser und die Rührlöffel aus Plastik. Das ist nicht gut, dachte Piper, das ist überhaupt nicht gut. Sie presste ihre Handflächen gegen die Schläfen und schloss verzagt die Augen, als ob sie das schlechte Karma, das offenbar über ihr lag, so vertreiben könne.

Piper öffnete ihre Augen wieder. Garrett stand immer noch vor ihr. Und er sah verwirrter aus als zuvor. »Was, äh, erwarten Sie also von mir, Piper?«, fragte er zickig.

»Tja, für den Anfang könnten Sie mir erst einmal erklären, warum wir für heute Abend weder eine Band noch einen DJ haben«, schlug Piper vor, bemüht darum, dem Mann nicht an die Gurgel zu springen. Tief einatmen, sagte sie zu sich selbst. Tief und ruhig einatmen.

Garrett blickte sie forschend an. »Haben Sie Asthma, Piper?« Als ihm diese Frage nur einen wütenden Blick einhandelte, redete er schnell weiter. »Ja, äh, die Buchung der Künstler ist eigentlich Marias Aufgabe.«

»Richtig«, erwiderte Piper, so langsam wie möglich, als ob sie mit einem kleinen Kind reden würde. »Und?«

»Maria hat vor zwei Wochen gekündigt.«

Piper saugte geräuschvoll die Luft ein. Zum Teufel mit

den Atemübungen, dachte sie grimmig. »Und Sie haben es nicht für nötig befunden, mir das mitzuteilen? Oder einen Ersatz für sie zu suchen? Oder, was das Allerwenigste gewesen wäre, sich selbst um die Buchung der Künstler zu kümmern?«

Garrett blickte sie an, als würde er jeden Augenblick anfangen zu heulen. »Das wäre eine gute Idee gewesen«, gab er zu und vergrub die Hände in den Taschen seiner Jeans. »Gute Idee«, wiederholte er.

»Garrett?« Piper blickte ihn erwartungsvoll an.

Garrett erwiderte ihren Blick, ohne etwas zu sagen.

»Warum kümmern Sie sich nicht *jetzt* darum?«, fragte Piper so ruhig wie möglich. Sie spürte, wie sie langsam, aber sicher ihr letztes bisschen Geduld verlor.

Garrett wippte unschlüssig vor und zurück. »Tja, äh, es ist nur so, dass ich den Rest des Abends eigentlich freihabe«, druckste er schließlich herum und vermied es, Piper dabei in die Augen zu sehen.

»Aber sicher«, stimme Piper zu. Es hatte keinen Sinn, die Lage eskalieren zu lassen. »Warum gehen Sie nicht gleich? So lange Sie wollen?«

Als Garrett dankbar zur Tür hinausstürmte, wandte sich Piper ab und ließ ihren Blick durch den Club schweifen. Mit Garretts Hilfe hatte sie es geschafft, die Kartons mit den Gläsern auszupacken und die Bar nach ihren Vorstellungen wieder auf Vordermann zu bringen. Und sie hatte den Großteil der Post erledigt. Mal abgesehen von dem Desaster mit dem Bandauftritt – was nicht gerade ein kleines Problem war – bekam sie das Chaos langsam wieder unter Kontrolle. Es gab noch keinen Grund, aufzuatmen, aber sie Sache nahm langsam Gestalt an.

Und trotzdem.

Pipers Gedanken kreisten noch immer um Wyatt. Die ganze Geschichte funktionierte einfach nicht so, wie sie es sich erhofft hatte. Der Club brauchte jemanden, der ihm seine ungeteilte Aufmerksamkeit zukommen ließ. Jemanden, der zumindest ein *wenig* mehr Verantwortungsbewusstsein an den Tag legte als Garrett. Aber im Augenblick war auch Piper nicht dieser Jemand.

Piper griff in ihre Hosentasche und zog ein Haargummi heraus, mit dem sie ihr langes, braunes Haar zu einem Zopf zusammenband. Dann lehnte sie sich mit dem Rücken an die Theke der Bar. Sie konnte es einfach nicht ertragen zu versagen. Und genau so fühlte sie sich jetzt: wie jemand, der sich zu viel vorgenommen hatte. Sie hatte einfach nicht genug Energie, um Wyatts Mutter und gleichzeitig die Vollzeitmanagerin des Clubs zu sein. Das eine oder das andere musste darunter leiden, war ihr jetzt klar. Und niemals würde sie Wyatt im Stich lassen.

So viel zu meinen hochtrabenden Plänen, dachte sie missmutig.

Dann blickte sie auf die Uhr. Es war fünf Uhr nachmittags. Paige würde jetzt mit Wyatt bereits auf dem Heimweg sein. Und wo war sie selbst? In einem Club, umgeben von Chaos, ohne einen DJ und ohne vertretenden Manager. Und dazu noch frustriert bis auf die Knochen. So konnte das nicht weitergehen. Sie brauchte mehr Zeit und Muße für ihren Sohn und für sich selbst.

Sie würde sich wieder ganz ihrer Mutterrolle widmen, das war die einzige Lösung. Sonst würden die Schuldgefühle – und die Strapazen dieses Doppellebens – sie fertig machen.

Gleich morgen fange ich an, sagte sie zu sich selbst. Heute Abend muss ich mich noch um diesen DJ-Schlamassel kümmern, Maria dazu überreden, den Job weiterzumachen und mich nach einem Aushilfsmanager umsehen, dem ich auch vertrauen kann. Nur ein oder zwei Monate, versprach sie sich selbst, dann kann ich wieder die Superfrau spielen. Fürs Erste werde ich mich damit begnügen, wieder eine Supermama zu sein.

Gleich morgen fange ich damit an.

Von diesem Entschluss gestärkt, stapfte Piper wieder zurück ins Büro zu ihrem Rolodex. Sie musste ein paar Telefonate erledigen, die keinen Aufschub mehr duldeten.

Am anderen Ende der Stadt, in der Redaktion des *Bay Mirror*, hatte Phoebe es aufgegeben, die Überstunden zu zählen. Sie fühlte sich fast erschlagen von dem wahren Schwall besorgter Briefe von jungen Müttern. Ich verstehe das nicht, dachte sie. Es gab überhaupt keine Erklärung für diesen anhaltenden Babyboom der letzten Monate.

Liebe Phoebe,
mein Mann und ich sind jetzt seit etwas mehr als drei Jahren verheiratet, und seit ich ihn kenne, ist er immer unglaublich hilfsbereit und aufmerksam gewesen. Bis zur Geburt meines ersten Kindes im letzten Monat.

Der Mann, der mir sonst jeden Wunsch von den Augen abgelesen hat, fragt plötzlich überhaupt nicht mehr danach, ob ich etwas brauche (zum Beispiel ein paar Stunden mehr Schlaf, etwas Hilfe im Haushalt …!) Und während er früher nur selten »mit den Jungs« um die Häuser gezogen ist, kommt das nun immer häufiger vor. Ich könnte wirklich etwas mehr Hilfe von ihm gebrauchen, aber ich weiß nicht, wie ich ihn darum bitten soll. Alles, was mir dazu einfällt, würde – fürchte ich – bloß wie Gejammer klingen. Haben Sie einen Rat für mich?

Eine Frage von:
Verzweifelt

Phoebe lehnte sich in ihren Stuhl zurück und ließ die Fingerknöchel knacken. Das Einzige, was sie »Verzweifelt« raten konnte, war, ihrem Mann mal die Meinung zu geigen – aber Phoebe hielt das nicht für eine besonders wirkungsvolle Taktik. Außerdem wusste sie, dass neu geborene Babys jede Beziehung auf eine Zerreißprobe stellten.

Selbst Piper und Leo hatten eine Zeit lang ernste Probleme gehabt. »Verzweifelt« brauchte dringend einen wirklich guten Rat, aber Phoebe fiel keiner ein. Und wer weiß? Vielleicht war der Mann von »Verzweifelt« mit der neuen Situation genauso überfordert wie seine Frau und kehrte deshalb seinen inneren Schweinehund nach außen. Das war immerhin möglich.

»Elise!«, rief Phoebe, selbst von einem Verzweiflungsanfall heimgesucht, als ihre Chefin an der Tür ihres Büros vorbeiging.

Elise machte einen Schritt zurück und steckte ihren Kopf zur Tür herein. »Ja?«

»Stell dir mal vor, du hast den perfekten Ehemann, okay?«

Elise warf Phoebe einen belustigten Blick zu. »In welcher Traumwelt lebt denn dieser Traummann? Denn da würde ich gern mal vorbeischauen«, erwiderte sie schnippisch.

»Nein, im Ernst«, sagte Phoebe. »Dein Mann ist perfekt, aber dann kommt das erste Kind. Und plötzlich besteht der Tag – und die Nacht – nur noch aus Geschrei, Erbrechen und Windelnwechseln. Du bist nur noch müde und erschöpft, und alle Ratgeberbücher, die du liest, widersprechen sich von vorn bis hinten. Würde das nicht dazu beitragen, die übelste Seite in deinem Ehemann hervorzukehren? Könnte sich unter diesen Umständen nicht jeder Mann plötzlich so benehmen, als wäre er nicht mehr er selbst?« Phoebe blickte ihren Boss über den Rand ihrer Lesebrille erwartungsvoll an.

Elise brach in schallendes Gelächter aus. »Weigert sich Pipers Ehemann etwa plötzlich, seinen Windeldienst zu erfüllen?«, fragte sie amüsiert. »Phoebe – ich habe keine Ahnung. Wir reden hier von einem Kerl! Wer weiß schon, wie die ticken!«

Elises Stimme nahm einen abschätzigen Tonfall an. »Aber im Ernst, Phoebe«, fuhr sie fort und deutete auf den Stapel mit unbeantworteten Briefen auf Phoebes Schreibtisch, »hast du nicht selbst schon genug Arbeit am Hals, auch ohne dich um die Eheprobleme deiner Schwester zu kümmern? Ganz ehrlich«, fuhr Elise etwas enttäuscht fort, »ich dachte, Jason hätte mit dir darüber geredet.«

»Nein, es geht nicht um Pi-«, wollte Phoebe protestieren. Aber es war zu spät. Elise war schon wieder verschwunden.

Phoebe stützte ihr Kinn auf. Was war nur mit ihr los? Normalerweise war sie wirklich gut in ihrem Job. Aber jetzt hatte sie plötzlich das Gefühl, als ob die ganze Welt nur noch ein Problem hätte – und zwar eines, von dem sie nichts verstand. Wenn es um Ratschläge ging, konnte

Phoebe normalerweise ihrem Bauchgefühl vertrauen. Aber ihr Instinkt schien sich auf eine längere Mittagspause verabschiedet zu haben.

Und die Autorin der Ratgeber-Kolumne »Frag Phoebe« war plötzlich selbst … ratlos.

3

»ICH DACHTE, DU WÜRDEST MICH UNTERSTÜTZEN«, sagte Piper und blickte ihren Ehemann mit gerunzelter Stirn an. »Immerhin hast du noch ganz anders geklungen, als ich mich dazu entschlossen hatte, wieder zu arbeiten.«

Sie griff nach dem Kännchen, um Milch in ihren Morgenkaffee zu gießen. Leos Verhalten war ihr ein Rätsel. Als sie gestern Nacht nach Hause gekommen war, hatte er schon fest geschlafen; deshalb hatte sie noch keine Chance gehabt, ihm von dem Entschluss zu erzählen, wieder zu Hause bei Wyatt zu bleiben. Erst bei Wyatts erster Fütterung um fünf Uhr morgens hatte sie ihm in knappen Worten davon berichtet. Und überraschenderweise war er von dieser Idee alles andere als begeistert gewesen.

Okay, vielleicht war es auch nicht die beste Zeit gewesen, um wichtige Neuigkeiten loszuwerden, dachte sie bei sich, strich sich das Haar aus der Stirn und nahm einen kräftigen Schluck Kaffee.

»Warst *du* nicht derjenige, der befürchtet hat, ich könnte mir zu viel zu früh vornehmen?«, wollte sie wissen.

Leo seufzte und blickte Piper von der anderen Seite des Frühstückstisches aus fest an. »Ja, das stimmt«, nickte er. »Ich habe es ehrlich gesagt für unrealistisch gehalten, dass du so kurz nach der Geburt gleichzeitig eine perfekte Mutter und eine perfekte Clubmanagerin sein kannst. Und ich glaube immer noch, dass meine Bedenken berechtigt sind.«

»Dann sollte es dich doch eigentlich freuen, dass ich die Arbeit für den Club erst einmal zurückgestellt habe«, stellte Piper etwas verwirrt fest. »Ich nehme mir nicht mehr vor, als ich stemmen kann. Das ist doch eine gute Lösung. Vorerst«, fügte sie schnell hinzu. »Ich habe gestern noch bis spät in die Nacht telefoniert, um nach vertrauenswürdigem Personal für meine Vertretung zu suchen. Der Club ist jetzt in guten Händen. Bessere Hände als meine eigenen es im Augenblick wären! Ich war einfach zu abgelenkt, weil ich den ganzen Tag nur an Wyatt und sein Wohlergehen gedacht habe. Aber das Problem ist jetzt gelöst. Und Wyatt ist wieder in den besten Händen. In den Händen seiner Mutter nämlich«, sagte sie mit einigem Nachdruck in Leos Richtung. »Wo ist also das Problem?«

»Es gibt kein Problem«, versicherte Leo. »Ich mache mir keine Sorgen um den Club und ganz bestimmt keine um Wyatt.«

»Tja, dann bleibe ja nur noch ich«, stellte Piper mit einem misstrauischen Blick fest. Ihre Finger trommelten nervös auf die Tischplatte.

»Das stimmt. Ganz ehrlich? Ich mache mir Sorgen um dich«, rückte Leo endlich heraus. Er machte eine Pause, um Pipers Reaktion zu beobachten.

Sie kniff die Augen zusammen. »Und warum? Du hattest völlig Recht – der Versuch, in beiden Aufgaben zu brillieren, hätte mich fast in den Wahnsinn getrieben. Jetzt bin ich erst einmal nur die perfekte Mutter. Ich meine, ohne Wyatt in Watte packen zu wollen oder so etwas.«

»Die Sache ist die, Piper«, begann Leo mit sanfter Stimme, »du bist die schwungvollste, dynamischste Frau, die ich kenne. Seit ich dich zum ersten Mal gesehen habe, hast du dich von einer schüchternen, unsicheren mittleren Schwester zu einer erfolgreichen Geschäftsfrau gemausert. Du bist das Herz dieser Familie und eine unerschrockene Kämpferin für die Unschuldigen. Du hast dich noch nie vor deiner Verantwortung gedrückt – seien es magische oder andere. Du bist eine unglaubliche Frau«, sagte er sanft und griff über den Tisch hinweg nach ihrer Hand. »Du bist mit keiner anderen vergleichbar. Und bereit, es mit der ganzen Welt auf einmal aufzunehmen, wenn es sein muss.«

Piper starrte ihren Ehemann an. Seine Worte berührten sie – doch sie verstand nicht genau, worauf er hinauswollte.

»Bei dir geht es immer um alles oder nichts«, schloss er endlich. »Nach Prues Tod hast du dir die ganze Last aufgebürdet und dich nicht ein einziges Mal zurückgelehnt.«

»Ich kann mich nicht einfach zurücklehnen«, protestierte Piper. »Jeden Tag braut sich da draußen eine neue Bedrohung zusammen, gegen die ich antreten muss.«

»Klar, das verstehe ich«, sagte Leo. »Die Sache ist nur, dass es für dich keine Kompromisse gibt. Kaum ist Wyatt alt genug, um ein paar Stunden sich selbst überlassen zu bleiben, fasst du den Entschluss, zur Über-Piper zu werden – die Mutter des Jahres bei Tag, die perfekte Nachtclubmanagerin bei Nacht und eine Zauberhafte … na ja, die ganze Zeit über. Du hast dir selbst keinen Freiraum zum Durchatmen gelassen. Und dir nie etwas Ruhe gegönnt.«

»Ich bin eben nicht der Typ, der sich leicht entspannt«, gab Piper zu. Und das stimmte wohl.

»Ich weiß«, nickte Leo. »Das gehört zu den Dingen, die ich an dir am meisten liebe. Aber wenn du wirklich versuchen willst, gleichzeitig eine Mutter für Wyatt, eine Schwester für Paige und Phoebe, eine Managerin für das *P3 und* eine Zauberhafte zu sein, dann wirst du lernen müssen, deine Ansprüche an dich selbst ein wenig herunterzuschrauben. Wenn du versucht, alles zu hundert Prozent zu sein … nun ja, diese Rechnung wird nicht aufgehen.«

Piper stützte nachdenklich ihr Kinn auf. »Damit hast du wohl Recht«, gab sie schließlich zu. »Aber deshalb verstehe ich erst recht nicht, was du für Bedenken hast, wenn ich es etwas langsamer angehen lassen will.«

»Ich finde das eine großartige Idee«, erwiderte Leo. »Versteh mich nicht falsch. Aber ich wünschte, du würdest nicht immer in solch strikten Alles-oder-nichts-Kategorien denken. Im Club warst du abgelenkt, also hast du dich entschlossen, dich nur noch um Wyatt zu kümmern. Für dich ist alles entweder das eine oder das andere – vielleicht ist es in diesem speziellen Fall auch tatsächlich so. Wer weiß, das wird sich zeigen. Aber das Leben ist nicht immer ein Entweder-oder.«

Piper nickte. »Ich verstehe, was du meinst. Aber ich bin sicher, in diesem Fall die richtige Entscheidung getroffen zu haben.« Sie nahm noch einen Schluck Kaffee und lehnte sich zurück, entspannt wie schon die ganze Woche nicht mehr. Leos Bedenken waren nur der Ausdruck seiner Sorge und Zuneigung. Sie konnte sich glücklich schätzen, mit jemandem wie ihm das Leben zu teilen. Besonders nach allem, was sie zusammen durchgemacht hatten.

»Ich respektiere deine Entscheidung«, versicherte Leo. »Du kennst dich selbst am besten. Setz dich nur nicht zu sehr unter Druck.« Er stand auf, ging um den Tisch herum zu Piper und massierte ihre Schultern.

»Womit habe ich es nur verdient, einen Engel zum Ehemann zu haben – in jeder Bedeutung des Wortes?«, fragte Piper neckisch. Sie schloss die Augen und erlaubte es sich, diesen intimen Moment der Zweisamkeit mit Leo zu genießen. Jede Sekunde konnten Phoebe und Paige durch die Küche stürmen, wie immer hektisch, weil sie sonst zu spät zur Arbeit kamen. Oder Wyatt würde anfangen zu weinen und den Zauber des Augenblicks zerstören.

Leo beugte sich vor und küsste sie auf die Nasenspitze. »Pure Magie«, sagte er nur.

Dann löste er sich in einer Lichtwolke auf und überließ Piper ihrem ersten neuen Tag allein zu Hause mit Wyatt.

Gott sei Dank, dass ich rechtzeitig beschlossen habe, mich wieder selbst um Wyatt zu kümmern, dachte Piper noch am selben Nachmittag. Eine weitere Woche in der Kita, und ich würde meinen eigenen Sohn nicht mehr wiedererkennen.

Okay, das war vielleicht ein wenig übertrieben, aber Piper wurde tatsächlich das Gefühl nicht los, dass Wyatt wie ausgewechselt schien. Natürlich war es völlig paranoid, anzunehmen, etwas könnte nicht mit ihm in Ordnung sein oder ein Kind könne sich in einem so kurzen Zeitraum verändern. Darüber hinaus war sie in letzter Zeit vielleicht ohnehin übersensibel – aber konnten sich ihre mütterlichen Instinkte tatsächlich so irren?

Sie warf einen Blick auf Wyatt, der in seinem Kinderwagen lag und das kleine Gesicht verzerrte, als wollte er jeden Augenblick ein ohrenzerfetzendes Geschrei anstimmen.

Was er wahrscheinlich auch vorhatte.

Seit er diese paar Tage mit Paige in der Kindertagesstätte verbracht hatte, war aus ihrem normalerweise gut gelaunten Kind eine Heulboje geworden, die nun fast im Zehn-Sekunden-Takt losbrüllte. Das wurde langsam Besorgnis erregend und – noch mehr als das – peinlich.

Piper hatte sich noch nicht viel dabei gedacht, als sie mit dem plärrenden Wyatt heute Morgen in die Reinigung gegangen war. Denn schließlich sorgten alle kleinen Babys dann und wann einmal für ein kleines Schreikonzert zum falschen Zeitpunkt. Aber als dasselbe auch beim Metzger, in der Autowerkstatt und selbst bei dem kurzen Abstecher ins Café passiert war, begann Piper, sich ernsthaft Gedanken zu machen. Schließlich hatte sie ja nicht vergessen, ihn zu den festgelegten Zeiten zu füttern – oder?

Nein, habe ich nicht, dachte Piper, während sie Wyatt gedankenverloren durch die Haarkosmetik-Abteilung der Drogerie schob. Im Gegenteil, er hatte viel weniger Appetit gehabt als sonst. Er hatte die Hälfte des Fläschchens verschmäht und selbst das bisschen, das er getrunken hatte, am Ende wieder ausgespuckt. Auch das war nicht ungewöhnlich für ein Baby, für Wyatt aber doch.

Piper warf eine Flasche Shampoo in ihren Einkaufskorb und bog scharf um eine Regalecke. Ihre Jeans verfingen sich in einem Rad des Kinderwagens und brachten ihn mit einem Ruck zum Stehen. Piper seufzte und suchte den Saum der Hose nach Rissen ab, aber glücklicherweise war nichts zu sehen. Erleichtert bog sie in den nächsten Gang und nahm eine Packung Wattestäbchen sowie Rasierschaum für Leo aus dem Regal. Damit steuerte sie schließlich in Richtung Kasse. Gerade keimte in ihr die Hoffnung auf, sie könnte die Drogerie ohne

Wyatts neuerliches Geschrei wieder verlassen, als er seinen kleinen Mund öffnete und losbrüllte, als hätte er ein Gespenst gesehen.

Als Mitglied der Zauberhaften kannte sich Piper mit übernatürlichen Bedrohungen nun wirklich gut genug aus; ihr magischer Spinnensinn versicherte ihr, das keine bedrohlichen Kräfte in der Nähe waren – abgesehen vielleicht von der teuflisch langsamen, 16-jährigen Kassiererin an der Kasse. Aber die zählte wohl kaum als dämonische Bedrohung, und so konnte sie davon ausgehen, dass Wyatts Brüllattacke keinen tieferen Sinn hatte.

Deshalb war sie jedoch nicht weniger nervenzerfetzend.

»Es ist doch alles in Ordnung, Wyatt«, sagte Piper sanft, »Mommy ist hier.« Um ihre Worte zu unterstreichen, wedelte sie mit einer Plastikrassel vorsichtig vor Wyatts Nase herum. Das nützte wenig, im Gegenteil: Wyatts Geplärr wurde höchstens noch lauter.

»Schlaf, Kindchen, schlaf«, säuselte Piper schließlich in einem letzten Versuch, ihren Sprössling zu beruhigen. Sie nahm ihn aus dem Wägelchen und wiegte ihn sanft in ihren Armen. Keine Chance. Wyatt griff mit seinen pummeligen Fingern nach einer herabhängenden Haarsträhne seiner Mutter und zog mit aller Kraft daran. Piper musste sich zusammenreißen, nicht darauf zu reagieren, denn egal, was sie getan hätte, es hätte die Situation bestimmt nur noch schlimmer gemacht. Sie musste ihn irgendwie beruhigen. Die anderen Kunden fingen langsam an herüberzustarren.

»Vielleicht hat er Blähungen«, sagte eine übergewichtige Frau, deren rundes Gesicht von kleinen, rotblonden Locken eingerahmt war. Sie kniff ihre grell-pink geschminkten Lippen zusammen und bedachte Piper mit einem falschen Lächeln, das keinen Zweifel daran ließ, was die Frau von Pipers Fähigkeiten als Mutter hielt. Piper widerstand der Versuchung, Miss Rosalippe zu sagen, was sie von solchen klugen, ungebetenen Ratschlägen hielt. Stattdessen setzte sie selbst ein unechtes Lächeln auf.

»Wer weiß?«, sagte sie so leichtherzig, wie sie konnte. Dann schickte sie noch ein dünnes Schmunzeln hinterher, das auf ihrem Gesicht erstarb, bevor es überhaupt richtig zu sehen war.

»Mit so etwas ist nicht zu spaßen«, fügte Miss Rosalippe in belehrendem Ton hinzu. Sie schien nicht die geringste Ahnung zu haben, auf welch dünnem Eis sie sich bereits bewegte. »So etwas kann schnell zu einem ernsten Problem werden«, dozierte sie und verschränkte dazu die fleischigen Arme vor der Brust.

»Und Sie können ja nicht wollen, dass es zu einem Problem wird.« Dieser völlig überflüssige Kommentar kam aus dem Munde einer älteren Frau aus der Schlange vor Piper. Sie war so dünn, dass es wohl kaum mehr als eine leichte Brise gebraucht hätte, um sie von den Füßen zu wehen. Sie ließ keinen Zweifel daran, wem sie die Schuld an Wyatts Geschrei zuschrieb.

»Na ja, wissen Sie – Babys schreien nun mal«, erwiderte Piper. Sie spürte, wie eine für sie ungewöhnliche Nervosität in ihr aufstieg. Aber nicht meins!, hörte sie eine innere Stimme ausrufen.

Bevor sie und Leo sich entschlossen hatten, ein Baby zu bekommen, waren sie einmal überraschend in einem Geschäft voller schreiender Babys gelandet ... die Erinnerung daran jagte ihr jetzt noch einen Schauer über den

Rücken. Doch nach Wyatts Geburt hatte sie sich selbst immer als wahren Glückspilz betrachtet: Ihr Kind neigte nicht zu Brüllattacken. Niemals.

Doch dieser kleine Zwischenfall – und dazu ein Dutzend ähnlicher am selben Nachmittag – ließ einen ganz anderen Schluss zu. Piper wartete geduldig darauf, dass die trödelige Kassiererin ihre Artikel einscannte – sie bewegte sich dabei so langsam, als würde sie unter Wasser arbeiten –, dann knallte sie ihr Geld auf die Theke, griff nach dem Wechselgeld und verließ fluchtartig die Drogerie, die Wangen vor Scham gerötet.

So wie Wyatt schrie, hätte man Piper für eine Kidnapperin halten können.

Was zum Teufel war nur los mit ihm?

»Ich bin wieder zu Hause!«, rief Paige voller Energie und stapfte durch die Eingangstür des Halliwell-Hauses in den Flur.

»Warte! Nicht …!«

Die Stimme kam aus dem Wohnzimmer, von Panik erfüllt. Sie gehörte Piper, die vom Sofa aufsprang und mit kaum mehr als drei hektischen Schritten in den Flur eilte.

»Nicht was?«, fragte Paige verwundert und zog die Tür mit einem Ruck hinter sich zu. Ein lauter Knall hallte durch das alte Anwesen.

»Nicht die Tür zuschlagen«, beendete Piper resigniert den Satz. Sie atmete tief aus, verharrte bewegungslos im Flur und wartete. Aus Wyatts Kinderzimmer drang kein Laut. Das bedeutete, das Knallen der Haustür hatte ihn also nicht aufgeweckt. Gott sei Dank, fuhr es ihr durch den Kopf. Es geschehen noch Zeichen und Wunder.

Nur Sekunden bevor Paige nach Hause gekommen

war, hatte sie Wyatt endlich erfolgreich zu einem Nickerchen gebettet. Dem ersten des Tages. Und nach dieser Katastrophe von einem Tag hatte sie Wyatts Schläfchen nötiger als er selbst. Auch wenn sie nicht davon ausging, dass es von langer Dauer war. Aber immerhin.

»Schon gut«, seufzte sie erleichtert und strich sich mit der Hand über die Jeans. »Er ist nicht aufgewacht, und deshalb muss ich dich auch nicht umbringen.«

»Ja, ich freue mich auch, dich zu sehen, Schwesterchen«, sagte Paige und legte ihre Handtasche und die Haustürschlüssel auf das kleine Tischchen im Flur. »Ich schätze, ich brauche dich gar nicht erst zu fragen, wie dein Tag war.«

»Oh, du willst nicht wirklich wissen, wie mein Tag war. Und außerdem möchte ich auch gar nicht mehr daran denken. Ich bin vollkommen fertig mit der Welt. Ich hoffe, du hast nichts dagegen, wenn wir uns einfach etwas zu essen kommen lassen.«

»Oh, und ich dachte, jetzt, wo du den ganzen Tag zu Hause bist, verwöhnst du uns wie eine dieser Hausfrauen aus den Fünfzigerjahren«, erwiderte Paige enttäuscht. »Hey, das war nur Spaß«, fügte sie schnell hinzu, als sie Pipers Gesichtsausdruck sah. »Warum ruhst du dich nicht ein bisschen aus? Mach es dir im Wohnzimmer bequem, und ich bringe dir eine Tasse Tee. Wir können beide etwas Ruhe gebrauchen. Kamillentee?«

»Mmm. Perfekt. Du bist ein Engel, Paige«, nickte Piper. Sie schnappte sich einen Hochglanzkatalog von dem Poststapel auf dem Abstelltischchen und steuerte damit Richtung Wohnzimmer. »Ich relaxe auf dem Sofa, versunken in die wunderbare Welt der Mode.«

Nachdem der Tee fertig war, leistete Paige ihrer Halbschwester im Wohnzimmer Gesellschaft. Piper hatte sich bereits durch ein gutes Stück des Kataloges gearbeitet. »Sind diese Hosen nicht klasse? Und diese Tanktops – das ist genau deine Farbe«, schwärmte Piper und hielt den aufgeschlagenen Katalog in Paiges Richtung.

Paige beuge sich vor und blickte auf die Abbildung. »Stimmt. Es hat fast dieselbe Farbe wie das da«, sagte sie und deutete auf einen verkrusteten Fleck auf dem Ärmel von Pipers Bluse. Dann zog sie angeekelt die Nase kraus. »Was ist das überhaupt?«

Piper blickte auf ihren Ärmel herab und zuckte mit den Schultern. »Keine Ahnung. Und ich bin zu erschöpft, um mir darüber Gedanken zu machen.«

Paige blickte sie mitfühlend an. »Ich schließe daraus, dass Wyatt sich heute nicht wie ein Traumbaby verhalten hat?«

»Wyatt hat sich eher verhalten, als ob er dem Film *Invasion der Körperfresser* entsprungen wäre. Ganz im Ernst, Paige, er hat sich aufgeführt wie ein Außerirdischer, wie besessen oder so etwas. Ich meine, klar haben auch Babys mal einen schlechten Tag, aber Wyatt hat sich benommen, als wäre er nicht er selbst. Er hat sich aufgeführt wie ein kleiner Dämon.«

Paige blickte Piper fragend an. »Okay, ich will jetzt nicht die paranoide Hexe heraushängen lassen – aber das meinst du jetzt bildlich, oder? Ich meine, du glaubst nicht im Ernst, dass Wyatt besessen ist? Das wäre nämlich ziemlich übel.«

»Übel? Das wäre mehr als übel, Paige. Aber nein – ich denke, so ein Verhalten kommt bei Babys vor, auch ohne den Einfluss übernatürlicher Mächte.«

»Übernatürliche Mächte? Lasst hören!«

Piper und Paige waren so in ihr Gespräch vertieft, dass sie nicht einmal hörten, wie schließlich auch Phoebe von der Arbeit nach Hause kam.

»Warte! Nicht ...«, setzte Piper an und stellte hektisch die Teetasse ab.

Die Tür fiel laut ins Schloss.

»Vergiss es«, seufzte Piper. Sie gab auf.

»Wyatt hält ein Nickerchen«, erklärte Paige, während sie Richtung Treppe nach oben blickte. »Psst!« Wie eine Figur aus einem Stummfilm presste sie mit übertriebener Geste den Zeigefinger gegen ihre Lippen. Phoebe zog schuldbewusst den Kopf ein.

»Schon gut, du hast ihn nicht geweckt. Setz dich hin, und trink eine Tasse Tee.« Piper lächelte ihre Schwester an und klopfte mit der Handfläche auf den freien Platz neben ihr auf dem Sofa. »Erzähl uns, wie dein Tag war. Vielleicht können wir ja Horrorstorys austauschen.«

»Horrorstorys? Bloß nicht«, erwiderte Phoebe. Sie verließ noch einmal das Wohnzimmer, um ihre Jacke in der Flurgarderobe aufzuhängen. Dann kehrte sie zurück und ließ sich auf das Sofa fallen, die Beine weit von sich gestreckt. »Ich habe so was von einer Schreibblock ...« Sie unterbrach sich selbst, als sie die dunklen Ringe unter Pipers Augen bemerkte. »Möchtest du lieber anfangen?«, fragte sie vorsichtig.

»Ich habe keine Ahnung, was los ist«, begann Piper, dankbar für die Gelegenheit, sich den Frust des Tages von der Seele zu reden. »Ich habe heute den ganzen Tag mit Wyatt verbracht. Aber eins kann ich dir sagen, Phoebe – besonders schön war das nicht gerade. Mein geliebter Sprössling hat sich als wahrer Teufelsbraten erwiesen.«

»Und du glaubst, dass tatsächlich finstere Mächte dahinterstecken?«, wollte Phoebe wissen, an die paar Satzfetzen anknüpfend, die sie beim Hereinkommen aufgeschnappt hatte. »Ist er vielleicht nicht doch einfach nur schlecht gelaunt?«

Piper dachte nach. »Okay, schlechte Laune wäre durchaus eine Erklärung. Und sicher sogar die wahrscheinlichste. Aber ich frage mich langsam, ob nicht doch etwas anderes dahintersteckt. Ich meine, Wyatt ist irgendwie einfach nicht mehr er selbst. Er isst nicht, er schläft nicht, er schreit den ganzen Tag herum ...«

»Ein paarmal erbrochen hat er sich auch«, ergänzte Paige in bester Absicht, während sie auf den Fleck auf Pipers Bluse deutete.

»Das ist einfach nicht mehr das Baby, das ich kenne. Mein Baby!« Piper ließ sich erschöpft und ratlos gegen die Lehne des Sofas fallen. »Es ist so, als ob er über Nacht ausgewechselt worden wäre!« Sie wendete sich Paige zu. »Paige, ganz ehrlich – war er in der Kita genauso?«

Paige schüttelte den Kopf. Ihr Gesichtsausdruck war ernst. »Er war so drauf wie immer. Ganz ehrlich«, versicherte sie.

»Okay, wartet mal eine Sekunde, bevor wir hier völlig abdrehen«, rief Phoebe dazwischen. »Ich meine, er ist erst ein paar Monate alt. Während ihres ersten Lebensjahres entwickeln und verändern sich Babys mit enormem Tempo.«

»Wow, du hast wirklich einiges an Literatur gebüffelt, was?«, stellte Paige beeindruckt fest.

Phoebe nickte. Tatsächlich hatte sie das Thema ein paar Stunden lang intensiv recherchiert. Sie fühlte sich jetzt halbwegs sicher auf diesem Feld. Zumindest, was die Theorie anging.

»Ich kann mir vorstellen, dass du glaubst, er wäre nicht mehr er selbst, Piper. Natürlich, du kannst das am besten beurteilen – aber vielleicht hat er in diesem Alter noch gar kein fertig ausgebildetes Selbst, keine feststehende Persönlichkeit.«

Sie blickte ihre Schwester ernst an.

Piper biss sich nachdenklich auf die Unterlippe. »Gutes Argument, Phoebe«, gab sie schließlich zu.

»Aber manchmal weiß es eine Mutter eben doch am besten«, gab Paige zu bedenken. Sie fühlte sich langsam ein bisschen wie eine Schiedsrichterin bei dem Hin und Her eines Tennismatches.

»Yeah …«, sagte Phoebe. Ihr angefangener Satz blieb unvollendet in der Luft hängen. Sie musste zugeben, dass ihr Argument selbst in ihren eigenen Ohren nicht besonders überzeugend klang. Dabei war sie sicher, Recht zu haben. Immerhin hatte sie während ihrer heutigen Mittagspause drei Ratgeber zum Thema Babypflege verschlungen. Na ja, zumindest hatte sie die entsprechenden Inhaltsverzeichnisse intensiv überflogen.

Aber andererseits … mit ihrer Kolumne war sie immer noch nicht weitergekommen. Noch immer versuchte sie alles, um sich vor der Beantwortung der Fragen junger Mütter zu drücken. Aus irgendeinem Grund zweifelte sie plötzlich an ihrem Talent als Ratgeberin. Vielleicht war es ja an der Zeit, mit der Kolumne »Frag Phoebe« auch erst mal eine Pause einzulegen?

»Du hast wahrscheinlich Recht«, beendete sie ihren Gedankengang endlich, von Selbstzweifel erfüllt.

Ein plötzliches, helles Aufflackern lenkte die Blicke der drei jungen Frauen in Richtung Küche und beendete die Diskussion fürs Erste.

»Gott sei Dank, dass Leo orben kann«, sagte Paige. »Auf diese Weise knallt er wenigstens keine Türen zu und ...«

Ihr Satz wurde durch das laute Scheppern eines Tabletts unterbrochen, gefolgt von dem Klirren von Porzellan.

»'tschuldigung!«, rief Leo schuldbewusst.

Aus dem ersten Stock ertönte Wyatts ohrenbetäubendes Kreischen.

»Schon gut«, knurrte Piper und erhob sich dann mit einem Seufzer vom Sofa. »Ich kümmere mich schon darum.«

4

»HEUTE SIND WIR BEIDEN HÜBSCHEN ganz allein für unsere Gruppe zuständig, meine Liebe«, sagte Dori, als Paige am Freitagmorgen die Kindertagesstätte betrat – fast eine halbe Stunde zu spät, wie es ihr fast schon zur Gewohnheit geworden war. »Ich hoffe, du hast schon deinen Morgenkaffee intus. Du wirst ihn brauchen.«

Paige schlüpfte aus ihrer Jeansjacke und hängte sie an einen Kleiderhaken in dem kleinen Büro, wo sie auch ihre Handtasche abstellte. Dann zog sie ihre Shorts und das T-Shirt glatt (sie hatte extra dunkle Farben für diese Kleidungsstücke ausgewählt, damit hässliche Spritzer diverser, von Kindern verschütteter Flüssigkeiten nicht so auffielen) und ging dann in den Hauptraum zurück.

Doris Warnung war mehr als gerechtfertigt. Eine wahre Armee von kleinen Nervensägen krabbelte über den Fußboden, und Katie war nirgends zu sehen. Paige band ihre Haare schnell zu einem Pferdeschwanz zusammen und durchquerte den Raum in Richtung der kleinen Küchenzeile.

Gott sei Dank hatte Dori bereits eine große Kanne Kaffee aufgesetzt. Paige goss sich einen Becher ein und kippte eine Extraportion Zucker hinein. Den Zuckerschock werde ich brauchen, dachte sie, rührte den gesüßten Kaffe um und nahm einen herzhaften Schluck.

Dori kam dazu und goss sich ebenfalls eine große Tasse Kaffee ein.

»Wo ist Katie eigentlich?«, wollte Paige wissen. »Hat sie sich krankgemeldet? Ich hoffe doch, sie hat sich nichts von dem eingefangen, was Simon gestern hier verteilt hat.« Mit Schaudern musste Paige an eine kleine Episode des vergangenen Nachmittags denken, bei der einer ihrer Schützlinge sein Mittagessen rückwärts gegessen hatte.

Apropos, dachte Paige und warf einen scharfen Blick in das Spielzimmer, wo ist Simon überhaupt? Sie betrachtete die Horde der Kleinkinder, die durch den Raum tobte, aber Simon war nirgends zu sehen.

Doris Schulterzucken riss Paige aus ihren Gedanken. »Tja, das war schon komisch«, sagte Paiges Vorgesetzte. »Sie hat sich nicht wirklich krankgemeldet. Streng genommen hat sie überhaupt nichts Konkretes gesagt. Sie hinterließ nur die Nachricht, dass sie nicht mehr zur Arbeit kommt.«

»Gar nicht mehr?«, fragte Paige und zog überrascht eine Augenbraue hoch. »So wie: Niemals wieder?«

Dori schüttelte den Kopf. »Es sieht jedenfalls so aus.«

»Tja, und was bedeutet das für uns? Mal abgesehen davon, dass ich heute die doppelte Arbeit am Hals habe. Aber wie geht es auf lange Sicht weiter?«

Leichte Panik ergriff Paige. Die Kita war ja schon ein Hort heillosen Durcheinanders, wenn das bewährte Dreierteam am Werk war. Wie sollten sie diesen Sack voller Flöhe jemals zu zweit hüten?

»Ich werde natürlich die Arbeitsagentur benachrichtigen müssen, die sie uns geschickt hat. Dieses Verhalten ist höchst unprofessionell«, erwiderte Dori, was Paiges Frage nicht wirklich beantwortete. »Ehrlich gesagt war ich völlig von den Socken, als ich Katies Nachricht hörte. Sie hatte so einen guten Draht zu den Kindern. Aber abgesehen davon – einfach so aus einer Laune heraus zu kündigen, ist mehr als unprofessionell«, wiederholte sie noch einmal. Sie sah Paige mit einem Blick an, der Zustimmung verlangte.

»Oh, absolut!«, sagte Paige schnell. Sie wollte Katie nicht verurteilen, ohne ihre Seite der Geschichte zu hören, doch dies war nicht der richtige Zeitpunkt, Dori das zu sagen.

Paige blickte auf ihre Armbanduhr. Es war 8:45 Uhr, der offizielle Tagesbeginn in der Kindertagesstätte. Normalerweise betraten Dori und die anderen Leiterinnen das Gebäude gegen acht Uhr, um die Türen aufzuschließen und alles vorzubereiten. Paige, Katie und die anderen Betreuerinnen trudelten dann gewöhnlich so zwischen 8:15 Uhr und 8:30 Uhr ein, um die ersten Kinder in Empfang zu nehmen. Die Eltern der meisten Kinder hatten Vollzeitjobs; deshalb waren sie ja auch auf die ganztägige Betreuung hier angewiesen. Bis 8:45 Uhr waren gewöhnlich alle Kinder eingetroffen.

Und trotzdem war Simon nirgendwo zu sehen. Natürlich arbeiteten einige der Eltern auch halbtags oder machten für bestimmte Tage gesonderte Betreuungszeiten aus. Aber Paige hatte es sich zur Gewohnheit gemacht, gleich am Montagmorgen einen Blick auf die Wochenplanung zu werfen und sich darüber zu informieren, welche Eltern bestimmte Betreuungszeiten vereinbart hatten. Für Simon, das wusste sie, stand nichts Besonderes im Terminplaner. Er hätte längst bei den anderen Kindern sein müssen.

»Dori – was ist eigentlich mit Simon? Ist *er* vielleicht krank? Oder ist irgendetwas passiert?«

Diese Frage war Dori offensichtlich unangenehm. Sie blickte ausweichend durch den Raum und zog den Saum ihrer Bluse glatt. »Na ja, seine Mutter hat heute Morgen angerufen«, antwortete sie schließlich nervös, »Simon wird auch nicht mehr zu uns kommen.«

»*Was*?«, fragte Paige. »Warum denn nicht?« Simon war ein umgängliches, zufriedenes, sieben Monate altes Baby. Er liebte es, auf dem Fußboden zu sitzen und mit großen Plastikbauklötzen zu spielen. Scheinbar nichts hatte den Kleinen aus der Ruhe bringen können – es sei denn, eines der anderen Kinder hatte versucht, sich die Bauklötze zu nehmen. Simon schien nicht viel vom Prinzip des Teilens zu halten, was die anderen Kinder schnell kapiert hatten. Abgesehen von der Tatsache, dass Paige Simon und sein unbeschwertes Lachen vermisste, erschien es ihr einfach seltsam, dass seine Eltern ihren Sprössling ohne ersichtlichen Grund aus der Kindergruppe herausnahmen.

Er war hier immer so glücklich gewesen. Und seine Mutter war eine Journalistin, die fast täglich Überstunden machte. Welchen Grund sollte sie haben, Simons Platz in einer der begehrtesten Kindertagesstätten der Stadt einfach so aufzugeben?

Dori blickte Paige bedeutungsschwer an und nahm sie vorsichtig am Ellbogen. Sie führte sie in eine abgelegene Ecke des Hauptzimmers, von wo aus sie ihre Schutzbefohlenen im Auge hatten und trotzdem ungestört reden konnten, ohne dass die Kinder sie hörten.

»Das war wirklich seltsam«, flüsterte Dori, sobald sie außer Hörweite waren. »Seine Mutter kochte am Telefon vor Wut. Sie sagte etwas davon, dass Simon nicht mehr er selbst wäre. Er ist angeblich reizbarer als sonst, heult die ganze Zeit, hat keinen Appetit und verschmäht sein Lieblingsspielzeug. Er ist einfach nur … *furchtbar* – das waren ihre Worte. Ihr Sohn sei nicht wiederzuerkennen – und sie gibt uns die Schuld.«

Paige spürte, wie ein kalter Schauer über ihren Rücken lief. Er ist nicht mehr er selbst – hatte Piper nicht etwas ganz Ähnliches über Wyatt gesagt? Ihrer Meinung nach hatte sich auch Wyatt verändert – zu seinem Nachteil. Und so sehr sie und Phoebe auch versucht hatten, Piper zu beruhigen, war sie sich nun plötzlich gar nicht mehr so sicher, ob nicht doch mehr dahintersteckte als die unberechenbaren Launen eines Babys. Stimmte vielleicht irgendetwas mit der Kita nicht? Irgendetwas, das sich negativ auf das Wesen der Schützlinge auswirkte?

Diese Theorie klang plötzlich viel plausibler, als es Paige lieb war. Aber was um alles in der Welt konnte diese Wirkung auf die Babys haben? War es Trennungsangst? Oder etwas viel, viel Bedrohlicheres?

»Piper hat gestern auch davon erzählt, dass Wyatt zu Hause ein wenig missmutig war«, sagte Paige. Sie versuchte so beiläufig wie möglich zu klingen, aber sie verfehlte ihr Ziel meterweit. »Ich frage mich, ob sie vielleicht beide … etwas haben«, beendete sie ihren Satz, wobei ihr bewusst war, wie seltsam das klingen musste. Was konnten die beiden Babys schon gemeinsam haben, das eine solche Auswirkung auf ihr Wesen hatte? War ihnen etwa eine Laus über die Leber gelaufen? Oder hatten sie ein Fläschchen über den Durst getrunken? Oder vielleicht irgendetwas vom Boden aufgepickt und gegessen, als gerade niemand hingesehen hat?

»Ach, weißt du«, erwiderte Dori abwehrend, »Wyatt war doch eine ganze Woche nicht mehr hier. Und Babys brauchen eben ein Weilchen, bis sie sich an die Kita gewöhnt haben. Das geht allen Kindern so. Ich mache mir deswegen keine großen Gedanken. Das ist nur ein unglücklicher Zufall.«

Nun ja, zwei unglückliche Zufälle, dachte Paige, behielt diesen Einwand aber für sich. Wenn hier irgendetwas nicht mit rechten Dingen zuging, würde sie der Sache auf den Grund gehen.

»Und was ist mit Katie?«

»Was soll denn mit ihr sein?«, erwiderte Dori. Ein ungeduldiger Tonfall schlich sich in ihre Stimme. »Ich habe es dir doch gesagt – es war mehr als unangemessen von ihr, einfach so die Segel zu streichen, und das werde ich in ihrem Arbeitszeugnis auch erwähnen. Darauf kannst du Gift nehmen. Aber was soll das alles mit einem sieben Monate alten Kind zu tun haben, das von seiner Mutter aus der Tagesbetreuung genommen wird?«

Paige war alles andere als überzeugt. »Vielleicht konnte Katie die Tatsache nicht mehr ertragen, dass unsere Kinder so unangenehme Charaktereigenschaften entwickeln. Vielleicht hatte sie einfach die Nase voll?«

»Wenn sie die Nase voll davon hatte, dass kleine Kinder auch einmal einen schlechten Tag haben, dann hat sie sich ganz bestimmt den falschen Job ausgesucht!«, rief Dori aus. Dann blickte sie in die Runde der spielenden Kinder und senkte ihre Stimme wieder. »Aber genau genommen hat sie diesen Job ja gar nicht mehr. Was wahrscheinlich auch gut so ist.«

Paige spielte mit dem Henkel ihres Kaffeebechers. Sie war kurz davor, gegen Doris raue Worte zu protestieren. Aber ihre Chefin war ganz offensichtlich nicht in der Stimmung zu diskutieren.

»Paige, warum rufst du nicht unsere Vierer und Fünfer zum Morgentreffen auf dem Geschichtenteppich zusammen?«, schlug Dori vor. Streng genommen war das eher eine Aufforderung als ein Vorschlag. »Ich rufe die Zweier und Dreier zusammen.«

Paige öffnete den Mund, um etwas zu entgegnen, überlegte es sich anders und trottete stattdessen zurück in die Mitte des Raumes. Dann klatschte sie die Hände über dem Kopf zusammen. »Doris Gruppe! Alle mal herhören!«, rief sie. »Alle Vierer und Fünfer, es ist Zeit für unser Morgentreffen!«

Sie legte etwas zu viel Nachdruck in ihre Stimme, um ihre Müdigkeit und fehlende Motivation zu überspielen, aber es schien zu funktionieren.

Augenblicklich ließen die Vier- und Fünfjährigen fallen, was immer sie gerade an Spielzeug in der Hand hielten. Mit fröhlichem Lachen sausten sie auf den Geschichtenteppich zu.

Der Geschichtenteppich war im Grunde nichts weiter als ein fadenscheiniger, runder Lumpenteppich in der Mitte des Raumes, aber die Kinder liebten ihn. Denn auf dem Geschichtenteppich zu sitzen, konnte zweierlei bedeuten: Zum Ersten, dass ihnen eine Geschichte vorgelesen wurde, wovon sie scheinbar nie genug bekommen konnten, oder zum Zweiten, dass es Zeit für das Morgentreffen war.

Beim Morgentreffen durften einzelne Kinder vortreten und kleine Reden über das Datum, die Zeit oder die weitere Tagesplanung halten. Bei dieser Gelegenheit wurde außerdem das »Kind des Tages« gekürt. Beim Morgentreffen besaß Paige jedes Mal die ungeteilte Aufmerksamkeit der Kinder, deshalb freute sie sich, es wieder einmal ankündigen zu dürfen. Auch wenn ihr die Unterhaltung mit Dori noch quer im Magen lag.

Nachdem alle Kinder auf dem Teppich Platz genommen hatten, legte Paige ihre Hand auf den Kopf eines kleinen Jungen. »Dylan, heute bist du das Kind des Tages!«, sagte sie.

»Heute ist Freitag«, stammelte Dylan. Seine wasserblauen Augen waren geweitet vor Schreck, plötzlich Kind des Tages zu sein. Paige wollte ihm gerade einen besonderen Anstecker verleihen, als das Telefon klingelte.

»Einen Moment, Dylan –«, setzte Paige an, aber dann sah sie, dass Dori schon den Telefonhörer in der Hand hielt.

»Oh, hallo«, sage Dori in den Hörer und klang dabei plötzlich sehr alarmiert. Paiges Körper straffte sich.

»Heute ist Freitag«, wiederholte Dylan noch einmal mit mehr Nachdruck und griff nach seinem Anstecker. Paige fing seine kleine Faust sanft ab und kniete sich neben ihm hin.

»Pssst, eine Sekunde nur«, sagte sie, während sie den Zeigefinger gegen die Lippen presste. »Warte nur, bis Dori fertig telefoniert hat, okay? Sonst versteht sie ja gar nichts.« Paige erhob sich wieder und strich Dylan durch das dicke, sandfarbene Haar. Und *wir* wollen sie ja auch verstehen, dachte sie. Der Ausdruck auf Doris Gesicht verhieß nichts Gutes, so viel stand schon einmal fest.

»Verstehe«, sagte Dori ins Telefon. »Verstehe, ja. Heute also nicht. Okay.« Pause. »Und nächste Woche auch nicht.« Noch eine Pause. »Oh, also – gar nicht mehr … nie mehr … ja, ich habe verstanden.« Es folgte eine weitere Pause angespannter, stiller Sekunden. »Und darf ich fragen, warum nicht? Nein, nur damit wir selbst Bescheid wissen. Zur Verbesserung unserer Dienstleistung am Kunden und … Oh. *Oh.* Verstehe. Wie ungewöhnlich. Nein, das ist das erste Mal, dass wir so etwas hören.«

Was denn?, dachte Paige, die vor Neugierde fast platzte. Aber sie konnte sich schon denken, um was es ging.

»Nun ja, dann vielen Dank für Ihren Anruf. Es tut uns natürlich sehr Leid. Falls Sie es sich noch einmal anders überlegen sollten, zögern Sie bitte nicht, wieder an uns heranzutreten«, sagte Dori schließlich. Ihre zusammengepressten Lippen bildeten einen schmalen Strich, während sie sehr sorgsam und demonstrativ ruhig den Hörer auflegte.

»Kann ich jetzt wieder gehen?«, fragte Dylan in genau diesem Augenblick. Paige hätte vor Schreck beinahe der Schlag getroffen. Sie war so auf Doris Telefonat fixiert gewesen, dass sie Dylan ganz vergessen hatte. So viel zum Thema Unprofessionalität, dachte sie, böse auf sich selbst.

»Hör mal, Süßer, ich muss kurz mit Dori reden«, sagte Paige. Sie überreichte Dylan seinen Anstecker.

»Das hier ist dein Anstecker – denn du bist das Kind des Tages!«, verkündete sie mit einem gewinnenden Lächeln. »Und deine erste offizielle Handlung als Kind des Tages könnte es doch sein, die Maltapete und die Buntstifte an die anderen Kinder auszugeben, damit ihr ein bisschen Malen könnt. Unseren Tagesplan besprechen wir dann später. Hört sich das gut an?«

Ein donnerndes »Yeah!« war die Antwort. Malen stand immer hoch im Kurs. Alle Kinder rannten zu ihren Plätzen an den Arbeitstischen, die im Halbkreis um den Geschichten-Teppich herumstanden. Dylan verteilte das Material zum Malen mit dem gebotenen Ernst und schien sehr zufrieden mit sich selbst zu sein. Paige lächelte ihn noch einmal aufmunternd an, dann ging sie zu Dori hinüber.

»Wer war denn das?«, fragte sie, die Arme erwartungsvoll vor der Brust gekreuzt.

»Betseys Mutter«, antwortete Dori und stieß einen lauten Atemzug aus. Betsey war ein weiteres Kleinkind aus Doris Gruppe.

»Und?«, hakte Paige nach.

»Betsey war in den letzten Tagen angeblich äußerst reizbar, und ihre Eltern fragen sich, ob es ihrem Kind nicht gut tun würde, wenn sie zusammen etwas mehr Zeit zu Hause verbringen.« Dori gab diese Worte wieder wie ein wörtliches Zitat. »Paige, wir sollten auf jeden Fall nicht überreagieren. Wir betreiben eine Kindertagesstätte, kein Internat. Die Kinder können kommen und gehen, wie ihre Eltern es für richtig halten. Das ist ihr gutes Recht. Außerdem wissen wir ja nicht, ob das alles nicht nur vorübergehend ist.«

Ich habe dich am Telefon gehört, dachte Paige. Du hast es selbst gesagt – es ist alles andere als vorübergehend. Auch Betsey wird nicht zurückkommen – nie mehr!

»Mir ist nicht entgangen, dass du das Morgentreffen abgekürzt hast«, bemerkte Dori missbilligend. »Du solltest lieber zurückgehen und die Kleinen beim Malen beaufsichtigen.« Damit fuhr sie auf dem Absatz herum und ging zurück zu einer Gruppe jüngerer Kinder. Mit ihren Fragen schien sich Paige bei ihrer Chefin nicht gerade beliebt gemacht zu haben.

Na, großartig, dachte sie.

Sie umrundete flüchtig die Maltische und warf ein paar Blicke auf die Bilder der Kinder. Dylan hatte – keine große Überraschung – ein Porträt von sich selbst als Kind des Tages gemalt. Der Anstecker prangte überdimensional groß auf seinem Kunstwerk. Natalie hatte eine typische, amerikanische Familie gemalt, die vor ihrem Haus stand. Solche Zeichnungen waren bei allen Kindern außerordentlich beliebt, meist fügten sie noch ein paar persönliche Elemente hinzu, die für ihre Familie typisch waren. Auch Natalie hatte ihrem Bild eine persönliche Note verliehen – in Gestalt einer Elfe, die über dem Schornstein schwebte. Paige blickte Natalie im Vorübergehen kurz an und lächelte ihr ermunternd zu.

Zum Glück war Jonathan nicht in der Nähe, und so konnte Natalie ihrer Lieblingsfantasie freien Lauf lassen.

Paige dagegen dachte langsam ernsthaft darüber nach, was diese plötzliche Elfen-Popularität bei Kindern wohl zu bedeuten hatte …

»Okay, beantworte mir eine Frage, allwissende Phoebe«, sagte Paige am Abendbrottisch. »In welchem Alter entwickeln kleine Kinder ihre Persönlichkeit?«

»Warum fragst du das ausgerechnet jetzt?«, wollte Piper misstrauisch wissen. »Neulich standest du diesem Thema doch eher gleichgültig gegenüber.«

Die drei Schwestern – und Leo – saßen zusammen am Tisch. Es war das erste gemeinsame Abendessen dieser Art seit Wochen. Leo war an diesem Tag früh genug nach Hause gekommen, damit Piper sich noch schnell in den Supermarkt davonstehlen konnte, um frisches Gemüse einzukaufen. Ihr hatte die Energie gefehlt, etwas Aufwändiges zu kochen, aber was sie mit einfachen Mitteln in kurzer Zeit gezaubert hatte, konnte sich sehen lassen. Und es schmeckte köstlich, erst recht nach dieser langen Arbeitswoche. Neben einer Schüssel mit knackigem

Salat stand eine große Auflaufform mit Gemüselasagne auf dem Tisch. Von beidem hatten sich alle mit gesundem Appetit bedient. Leo hatte sogar eine Flasche Wein geöffnet. »Es ist Freitagabend«, hatte er in festlicher Stimmung erklärt.

Piper beugte sich vor und pickte ein verirrtes Stückchen Käse von ihrem Teller. »Warst du nicht neulich noch auf Phoebes Seite?«, wollte Piper wissen. »Habt ihr nicht beide gesagt, ich hätte überreagiert?«

Paige zog eine Augenbraue hoch und hob protestierend die Hand. »Ich bin auf keiner Seite!«, sagte sie und nahm dann einen Schluck aus ihrem Wasserglas. »Na ja, vielleicht auf der von Wyatt. Ich hatte doch nur gesagt, dass Phoebe ein gutes Argument vorgebracht hat. Aber heute ist bei der Arbeit etwas passiert, das mich dann doch nachdenklich gemacht hat.«

»Was ist denn passiert?«, wollte Leo wissen. Er klang ehrlich besorgt. »Sind alle okay?«

»Ja, sicher – glaube ich wenigstens«, antwortete Paige. »Es ist wirklich seltsam. Zwei Mütter haben sich unabhängig voneinander entschlossen, ihre Kinder nicht mehr zu uns zu bringen. Aus heiterem Himmel, ohne richtige Erklärung.«

»Passiert so etwas nicht öfter?«, fragte Phoebe. »Ich meine, vielleicht haben sich ja die Arbeitszeiten der Eltern geändert oder so etwas. Das könnte doch sein.«

»Das stimmt schon – aber beide Mütter haben immerhin noch die Zeit gefunden, anzurufen und sich zu beschweren.«

»Beschweren? Worüber?«, wollte Piper wissen.

»Na ja, darüber, dass sich ihre Kinder ... seltsam benehmen«, antwortete Paige nach kurzem Zögern.

»Seltsam? Was heißt seltsam?« Piper stellte diese Frage langsam und misstrauisch.

Paige konnte fast sehen, wie die kleinen Zahnräder in Pipers Gehirn zu arbeiten begannen. Ihr selbst war es heute Morgen nicht anders gegangen.

»Ganz ehrlich? Na ja, so seltsam wie Wyatt«, gab Paige zu. »Schlecht gelaunt, reizbar ... sie wollten keine Nickerchen mehr machen und nicht richtig essen ... als ob sie plötzlich wie ausgewechselt wären.«

Phoebe seufzte. »Ich habe euch doch gesagt, das ist total –«

»Jaja, total normal, und Babys haben noch keine richtige Persönlichkeit und so weiter und so fort ...«, nickte Paige. »Und wie ich schon sagte: Gestern war ich da noch ganz auf deiner Seite.«

»Ich dachte, du wärest auf keiner Seite«, erinnerte Piper ihre Halbschwester.

»Darum geht es doch gar nicht!«, seufzte Paige. »Jetzt denkt doch mal mit. Gestern dachte ich noch, was Phoebe sagt, ergibt Sinn. Aber die beiden Babys, die heute aus der Kita genommen wurden, waren immer gut gelaunte kleine Engel. Sie haben nie Probleme bereitet oder herumgeschrien. Das ist ja das Komische. Die einzige Erklärung, die mir einfällt, ist, dass die Kita irgendwie einen schlechten Einfluss ausübt.«

»Das verstehe ich nicht!«, rief Piper dazwischen. »Ihr wisst, dass ich versucht habe, keine voreiligen Schlüsse zu ziehen. Das tue ich immer noch, aber – wie kann eine Kita schlecht sein? Ich meine, ich habe meine Hausaufgaben gemacht. Ihr kennt mich. Ich hätte Wyatt niemals in eine Tagesstätte geschickt, ohne sicher zu sein, dass er dort gut aufgehoben ist. Wie sollte diese Kita solche Stimmungsschwankungen bei kleinen Kindern auslösen – wenn nicht etwas anders dahintersteckt?«

»Was denn zum Beispiel?«, fragte Leo. »Glaubst du nicht, wenn dort irgendetwas vorgehen würde – etwas Unheilvolles, meine ich – dann hätte mich der *Rat der Ältesten* nicht davon in Kenntnis gesetzt?« Er stand auf, um die Teller abzuräumen und ging damit in die Küche.

»Es muss ja nicht unbedingt etwas Magisches dahinter stecken«, sagte Paige. »Ich weiß nur, dass da etwas nicht mit rechten Dingen zugeht. Und was immer Wyatts Verhalten so negativ beeinflusst hat, könnte auch noch viel weitgehendere Folgen haben. Heute hat eine der Betreuerinnen ohne jede Vorwarnung gekündigt.«

»Gut, aber vielleicht ja gerade deshalb, weil die Kinder so biestig waren und sie keine Lust mehr darauf hatte«, gab Phoebe zu bedenken.

Paige warf ihrer Halbschwester einen skeptischen Blick zu. »Das scheint mir aber schon ein immenser Zufall zu sein«, murmelte sie und stützte nachdenklich das Kinn auf.

»Ich will deine Sorgen ja auch gar nicht klein reden, Paige«, sagte Phoebe und strich sich mit den Fingern durchs Haar. »Aber du musst zugeben, dass alles, was du da sagst, auch ohne jedes Zutun von Magie erklärt werden kann. Oder etwa nicht?«

Paige wandte den Blick ab. »Ach ja?«, gab sie voller Zweifel zurück. »Wieso werden Piper und ich dann das Gefühl nicht los, dass da irgendetwas nicht stimmt?«

In diesem Moment kam Leo aus der Küche zurück, bewaffnet mit einem Spültuch, um den Tisch abzuwischen.

»Mädels, so wie ich das sehe, hat Paige den Nagel auf den Kopf getroffen. Es ist ganz einfach: Sie macht sich Sorgen. Und gestern hat sich Piper Sorgen gemacht. Und wenn es eins gibt, das wir in unserem Kampf gegen das Böse gelernt haben, dann das, dass wir nicht weghören dürfen, wenn unsere inneren Alarmglocken anschlagen. Also sollten wir diese ganzen Ungereimtheiten nicht einfach leichtsinnig ignorieren«, schloss er in autoritärem Tonfall. »Ungereimtheiten«, wiederholte er. »Von mehr rede ich gar nicht.«

»Zu Befehl!« Piper salutierte im Scherz vor ihrem Ehemann.

»Und was bedeutet das nun für mich? Ich habe absolut keinen Schimmer, was dort vorgehen könnte«, sagte Paige ratlos in die Runde. Was hatte sie da nur angerichtet?

»Warum versuchst du nicht, Katie aufzuspüren? Und dann frag sie, warum sie so überstürzt gekündigt hat«, schlug Leo vor. »Das wäre doch schon mal ein Anfang.«

»Du hast Recht. Und es ist vor allem etwas, mit dem ich noch vor Montag anfangen kann. Das ist besser, als hier rumzusitzen und sich Sorgen zu machen.«

»Es gibt noch etwas, das du tun könntest«, schlug Piper vor. »Und es würde mir wirklich viel bedeuten.«

»Sicher, alles«, erwiderte Paige ohne Zögern. »Was denn?«

»Der Nachtisch«, grinste Piper. »Er steht noch in der Küche. Sorbet und Obstsalat. Sei doch so nett und hol ihn her.«

Paige gab einen theatralischen Seufzer von sich und tat, als ob es sie unglaubliche Überwindung kosten würde, von ihrem Stuhl aufzustehen. »Immer auf die Jüngsten«, grummelte sie, scheinbar schwerfällig in die Küche watschelnd. Dabei konnte sie sich ein Lächeln kaum verkneifen.

»Da musste ich auch durch«, rief Phoebe ihr hinterher. »Und vergiss die Löffel nicht!«

5

OH, INTERNET, WARUM HAST DU MICH VERLASSEN, dachte Paige frustriert. Sie warf einen raschen Blick links und rechts über ihre Schultern. Auf beiden Seiten saßen fremde Menschen über die Computer gebeugt. Eifrig tippten sie auf den Tastaturen, und niemand nahm Notiz von Paiges vergeblichem Suchen in der endlosen Weite des Internet.

Joe's Java war das weit und breit coolste Café der Stadt. Der kleine Laden bot neben einer flotten Netzanbindung auch noch den besten Kaffee der ganzen Gegend; sowohl Paige als auch die anderen Kunden zogen das *Joe's* den Cafés der großen Ketten vor. Der Laden war in einem lässigen, unverkrampften Stil eingerichtet, und niemand störte sich daran, wenn man hier einen ganzen Nachmittag versumpfte. Erst kürzlich hatten die Betreiber ein paar Internet-Terminals aufgestellt, was der Popularität des kleinen Cafés keinen Abbruch tat, im Gegenteil.

Es war Samstagmorgen. Paige war, ganz gegen ihre Gewohnheit, schon bei den ersten Sonnenstrahlen des neuen Tages aufgewacht, und noch im Bett spürte sie bereits, wie ihr die Vorkommnisse in der Kita und Katies seltsame Kündigung wieder im Kopf herumspukten. Eine Weile lang hatte sie sich unruhig hin und her gewälzt, dann war sie aufgestanden, um sich dem neuen Tag zu stellen. Im Bett herumzuliegen und düsteren Gedanken nachzuhängen nutzte niemandem etwas.

Zu ihrer Überraschung hatte sie feststellen müssen, nicht die einzige Frühaufsteherin des Tages zu sein. Phoebe war mit ihrem Laptop bereits in den Park aufgebrochen, um dort zu arbeiten. Gut für Phoebe, ärgerlich für Paige, denn damit gab es auch keinen Computer mehr im Haus.

Aber es machte Paige nicht viel aus, *Joe's Java* aufzusuchen, um von hier aus zu surfen – ganz im Gegenteil. Die typischen Gäste waren jung und hip, und auf irgendeine Weise wirkte dieses Café auf Paige gleichzeitig entspannend und anregend.

Das junge Pärchen auf dem Sofa am Fenster hätte zum Beispiel nicht entspannter aussehen können: Die beiden hatten sich gemütlich aneinander angelehnt, blickten sich gegenseitig an und hielten Händchen – und gleichzeitig waren sie offenbar in eine angeregte Diskussion vertieft. Paige konnte sich wirklich unangenehmere Möglichkeiten vorstellen, einen Nachmittag totzuschlagen.

Was aber auch schon alles zu sein schien, was bei ihren Bemühungen herauskam.

Denn ihre gesamte Detektivarbeit im Internet lief genau auf eines zu – nämlich auf gar nichts.

Zuerst hatte sie versucht, Katies Adresse und Telefonnummer online herauszubekommen, um ihr einen Besuch abzustatten. Aber Katie war nirgendwo aufgeführt. Das erschien Paige mehr als seltsam. Als ob ihre Kollegin niemals existiert hätte.

Natürlich war es möglich, dass Katie bei ihrem Freund, einer Freundin oder in einer Wohngemeinschaft lebte und das Telefon auf jemand anderen angemeldet war. Das würde zumindest das Fehlen jeglicher Eintragungen erklären. Nur weil jemand nicht im Telefonbuch stand, machte ihn das noch nicht verdächtig.

Also hatte Paige es weiter probiert. Als sie »Katie Whitesmith« in eine Suchmaschine eingegeben hatte und absolut kein Ergebnis erhielt, war sie langsam misstrauisch geworden. Denn schließlich tauchte heutzutage *jeder* Name irgendwo im Internet auf.

Um das bestätigt zu wissen, tippte Paige schließlich Phoebes Namen in die Suchmaske ein. Das erwies sich als großer Treffer. Jede Zeile, die Phoebe je verfasst hatte, erschien in den Suchresultaten.

Hunderte von Treffern. Paiges Augen flirrten. Sie löschte den Namen und versuchte es noch einmal. »Piper Halliwell«.

Wieder füllten sich zwei Monitorseiten mit Suchergebnissen. Meist waren es – positive – Kritiken und Meinungen zum *P3*. Das muss ich ihr unbedingt sagen, dachte Paige. Besonders jetzt, da Piper zu glauben schien, ohne ihre ständige Anwesenheit würde der Club den Bach hinuntergehen.

Konzentration, Paige, Konzentration, schärfte sie sich selbst ein. Sie schüttelte den Kopf, wie um alle überflüssigen Gedanken loszuwerden, und widmete sich wieder dem Computerbildschirm.

Okay, dachte sie, ich bin in der Öffentlichkeit nicht so prominent wie Piper und Phoebe. Ich sollte meinen eigenen Namen eingeben, um meine Theorie zu überprüfen.

»Paige Matthews.«

Das Suchergebnis ließ sich natürlich nicht entfernt mit dem von Phoebe vergleichen, stelle Paige wenige Augenblicke später fest. Aber immerhin tauchten zwei Internetartikel auf, in denen ihr Name erwähnt wurde. Der erste stammte aus der Website der Sozialagentur, in der sie arbeitete, bevor sie Piper und Phoebe zum ersten Mal getroffen hatte. Darin wurde sie als »eine unserer neusten und fähigsten Mitarbeiterinnen« beschrieben. Gut zu wissen, dachte Paige und spürte ein wenig Stolz in sich aufsteigen. Die Entdeckung, eine Hexe zu sein, hatte natürlich erhebliche Auswirkungen auf ihre berufliche Karriere gehabt. So war es gut zu wissen, dass sie in ihrer alten Agentur geschätzt worden war – auch wenn sie den Job bald darauf aufgegeben hatte.

Das zweite Suchergebnis stammte aus der Bildunterschrift eines Fotos, das wiederum zu einem Artikel über Piper und das *P3* stammte. Auf denselben Link war sie auch bei ihrer Suche nach Piper gestoßen.

Okay, vielleicht habe ich das Internet nicht gerade im Sturm erobert, aber das untermauert meine Theorie, dachte Paige befriedigt. Jeder taucht mindestens ein- oder zweimal im Netz der Netze auf. Das Dumme war nur, dass sie jetzt erst recht keine Ahnung hatte, wie sie Katie aufspüren sollte. Paige ließ einen Seufzer der Enttäuschung los.

»Hey, das klingt aber gar nicht gut«, sagte der junge Mann am Terminal neben ihr. Ein sandblonder Typ mit tiefbraunen Augen und einem besorgten Lächeln auf den Lippen.

Paige konnte nicht anders – sie musste ihren neuen fursorglichen Freund von oben bis unten mustern. Es schien ihm nichts auszumachen.

»Tja, das Internet und ich sind heute keine Freunde«, sagte sie und schüttelte dabei frustriert den Kopf. »Dumme Sache.«

»Schreibst du an einer Hausarbeit?«, fragte der junge Mann.

Paige wollte gerade den Kopf schütteln, doch dann überlegte sie es sich anders. Das war eine bessere Begründung für ihre Anwesenheit als die Wahrheit. Sie musste diesem netten Kerl ja nicht auf die Nase binden, dass sie einer Arbeitskollegin hinterherschnüffelte.

Beziehungsweise, ihr *vergeblich* hinterherschnüffelte.

»Yeah, ich bin in einem Seminar für Neue Medien, und ich schreibe an einem Text über weltweite Kommunikation«, schwindelte sie stattdessen. »Darüber, wie wir alle online miteinander verbunden sind. Ich meine, man kann doch praktisch jeden Namen in die Suchmaschine eingeben und erhält immer ein Ergebnis, oder?«

»Stimmt. So zum Beispiel.« Der junge Mann beugte sich über ihre Tastatur und tippte eifrig einen Namen in die Suchmaske. »Drew Byars«. Dann ließ er seinen Zeigefinger schwungvoll auf die Entertaste hinabsausen.

Sofort flammte die Website einer Surfschule auf Paiges Bildschirm auf, ausgestattet mit aufwändigen Grafiken und kurzen Videos.

»Das bin ich«, sagte er und tippte auf den Bildschirm, wo ein muskulöser Surfer gerade in eine riesige Welle hineinglitt.

»Drew Byars, nehme ich mal an?«, riet Paige.

Er nickte. »Jo. Ich bin Surfer, Surflehrer und betreibe einen Surfshop. Du solltest mal vorbeikommen.«

»Oh, äh, ich … ich surfe nicht. Überhaupt nicht«, sagte Paige schnell.

»Du könntest es lernen. Darum geht es ja gerade«, erwiderte Drew. Er klopfte sich auf die Brust. »Vom Meister persönlich.« Dann setzte er einen herzigen Dackelblick auf. »Komm schon. Was machst du zum Beispiel morgen Nachmittag? Du könntest in meinem Laden vorbeikommen. Ich leihe dir eine Grundausrüstung und bringe dir die Grundlagen des Surfens bei …«

Drew blickte sie erwartungsvoll an. Paige fiel auf, dass sie ihm immer noch nicht ihren Namen genannt hatte.

»Ich heiße Paige. Paige Matthews«, sagte sie schließlich und reichte ihm ihre Hand, die er etwas länger als nötig festhielt. »Und ich fürchte, ich habe wirklich keine Zeit ... ich habe morgen viel zu tun. Wirklich sehr viel.«

Andererseits – was sollte sie schon zu tun haben, wenn sie nicht bald eine Spur von Katie fand?

Paige blickte Drew an. Er war wirklich süß. Und obwohl sie selbst nicht surfte, sprach sie die ganze Surferszene irgendwie an. Kurz bevor sie in das Halliwell-Anwesen eingezogen war, wäre sie beinahe mit ihrem damaligen Freund Glen um die Welt gezogen – auf der Suche nach der perfekten Welle. Quasi im letzten Moment hatte sie sich dazu entschlossen, ihr Schicksal als Zauberhafte anzunehmen. Und die Opfer, die dieses Leben forderte, schienen kein Ende zu nehmen.

Wie zum Beispiel jetzt gerade.

Immerhin war es nicht unwahrscheinlich, dass sie die nächsten 48 Stunden vorwiegend allein vor dem Computer verbrachte – bei dem vergeblichen Versuch, etwas über Katie oder detailliertere Informationen über die Kindertagesstätte herauszufinden.

Anderseits konnte sie ihre Recherche ja nicht gleich beim Auftauchen des ersten süßen Jungen aufgeben. Sie seufzte noch einmal, dieses Mal mit mehr Nachdruck. »Ich kann wirklich nicht«, wiederholte Paige noch einmal. Ihr fiel auf, dass es ihr wirklich nicht viel ausmachte, Drew in aller Freundschaft abblitzen zu lassen. So etwas gehörte zum Alltag einer Hexe. Der im Übrigen normalerweise ziemlich cool war.

»Wie du meinst«, erwiderte Drew und tat, als würde er

schmollen. Er langte in die Hosentasche seiner Jeans und zog eine Visitenkarte hervor. Sie war grellorange und hatte die Form eines Surfbretts. Auf der Rückseite standen alle Kontaktinformationen seines Ladens. »Aber steck die hier ein – nur, falls du deine Meinung noch ändern solltest. Unsere Öffnungszeiten stehen ebenfalls auf der Karte.«

Paige nickte und nahm die Karte entgegen. »Ich werde ganz bestimmt versuchen, mal vorbeizuschauen. Aber dieses Wochenende wird sicher nichts mehr daraus.«

Drew klemmte sich die Zeitung und das Buch, mit denen er hergekommen war, unter den Arm und nahm mit der anderen Hand seine Kaffeetasse auf. Obwohl er damit vollständig beladen war, schaffte er es, Paige zuzuwinken. »Cool. Es war nett, dich kennen gelernt zu haben, Paige.« Mit diesen Worten drehte er sich um und verließ das *Joe's*.

Als er außer Sichtweite war, erlaubte sich Paige ein kurzes Schmollen. Dann widmete sie sich wieder ihrer selbst gestellten Aufgabe. Dieses Mal versuchte sie ein paar neue Kombinationen:

»Katie Whitesmith, Kinderschwester« – Nichts.

»Whitesmith, Katie« – Fehlanzeige.

»K. Whitesmith, Kinderschwester« – Keine Chance.

Paige nahm einen Schluck Kaffee und stand dann auf, um sich Nachschub zu holen. Das würde zweifellos ein langer Nachmittag werden.

6

Am MONTAGMORGEN ERWACHTE PAIGE mit dem Gefühl, sie hätte kein Auge zugetan. Sie fühlte sich müde, zerschlagen und frustriert. Auch die Erkenntnis, dass es nur die ungelösten Fragen rund um die Kita waren, die ihr so zu schaffen machten, erleichterte das Aufstehen nicht wirklich.

Paige duschte, zog sich rasch an und schlich sich aus dem Haus, bevor die anderen überhaupt aufgestanden waren. Sie wollte sie nicht mit ihrer schlechten Laune anstecken.

Auf dem Weg zur Kindertagesstätte ließ sie sich alles, was sie wusste, noch einmal durch den Kopf gehen.

Erstens: Piper glaubte, dass sich Wyatt seltsam verhielt, seit sie ihn aus der Kita herausgenommen hatte.

Zweitens: Die anderen Eltern sagten genau dasselbe über ihre Kinder.

Drittens: Katie, die immer den Eindruck gemacht hatte, eine perfekte und verantwortungsvolle Kinderschwester zu sein, hatte sich sang- und klanglos aus dem Staub gemacht.

Trotz intensiver Recherchen hatte sie nichts weiter über Katie herausfinden können – was an sich schon seltsam genug war. Und über die Kindertagesstätte selbst hatte sie nur ein paar Informationen über das Gründungsdatum, die Geschäftsleitung, die Verwalter und die jährliche Spendensammlung an den Tag gebracht. Nicht gerade sensationelle Informationen.

Hatte es vielleicht etwas zu bedeuten, dass alle Kinder, die von ihren Eltern aus der Betreuung genommen worden waren, Babys waren? Katie hatte den größten Teil ihrer Arbeitszeit mit ihnen verbracht.

Paige stoppte an einer Ampel und trommelte mit den Fingernägeln frustriert auf das Lenkrad. Irgendetwas ging hier vor. Ein Teilchen des Puzzles fehlte ihr noch. Aber welches?

Kurz darauf bog sie auf den Parkplatz der Kindertagesstätte und stellte den Wagen ab. Ihre Kleidung war darauf abgestimmt, allen Gefahren zu trotzen: Jeansshorts, ein helles T-Shirt und bequeme Schuhe. Paige hatte zwar keine Probleme damit, tobenden Kindern oder den Mächten des Bösen in hochhackigen Schuhen entgegenzutreten. Aber wenn beides zusammenkam? Besser kein Risiko eingehen und festes Schuhwerk favorisieren. Paige straffte ihre Schultern und stapfte entschlossen auf die Hintertür der Kita zu. Sie war zu allem bereit – hatte aber leider nicht die geringste Ahnung, was »alles« beinhalten konnte.

Sie drückte die Tür auf, trat ein und stockte.

»Alles« hieß in diesem Fall offenbar die totale Abwesenheit von Kindern.

Nein, dachte sie dann, da ist ein Kind. Und dort, also zwei. Durch die Fenster der Trennwände konnte sie die übliche Anzahl von Vorschulkindern sehen, die ausgelassen spielten oder malten. Doch der Babyraum war – abgesehen von einem einzigen, friedlich schlummernden Baby – verwaist.

Dori stand in dem Raum, hielt das zweite hier anwesende Kind auf dem Arm und klopfte ihm sanft auf den Rücken. Sie gab dabei beruhigende Geräusche von sich, die nicht weniger für sie selbst bestimmt zu sein schienen als für das Baby.

Paige ahnte, dass ihre Chefin außer sich war. Offenbar hatten sie die meisten ihrer Schützlinge verloren – irgendetwas Großes und Bedrohliches *musste* hier am Werk sein.

»Dori, was ist hier los?«, fragte Paige und ging mit schnellen Schritten auf ihre Chefin zu. »Warum sind nur zwei Babys hier?«

Dori blickte Paige traurig an. »Du hattest Recht, Paige. Irgendetwas geht hier mit den Babys vor. Irgendwas in der Kita scheint ihnen nicht zu bekommen. Ich bin um acht Uhr hereingekommen – und hatte bereits zehn Anrufe auf dem Anrufbeantworter. Zehn wütende Elternpaare, die verkündeten, dass sie ihre Kinder nicht mehr zu uns bringen. Es waren immer die gleichen Beschwerden: Die Babys benehmen sich nicht mehr wie sie selbst, sie sind launisch, reizbar, appetitlos …«

Dori blickte Paige an. Sie sah erbärmlich aus. »Paige, machen wir etwa etwas falsch? Verderben wir irgendwie den Charakter der Kinder?«

Paige schüttelte energisch den Kopf. »Nein, Dori! Ich weiß leider auch nicht, was hier vorgeht, aber ich kann dir versichern, dass es nichts mit dir zu tun hat. Die anderen Gruppen sind ja ganz offensichtlich genauso betroffen. Und du bist einfach großartig im Umgang mit den Kleinen«, versicherte Paige ihrer Chefin. »Wir werden herausfinden, was hier los ist«, fügte sie entschlossen hinzu. Wenn ich nur wüsste wie, dachte sie dabei still.

»Ich fange am besten gleich mit dem Morgentreffen an«, schlug Paige dann vor, in der Hoffnung, Dori aus ihrer schlechten Stimmung reißen zu können. »Du bleibst am besten hier bei den Babys. *Dem* Baby«, berichtigte sie sich selbst schnell.

Dori deutete auf das schlafende Kleinkind. »Es sind noch *zwei* Babys«, sagte sie fast trotzig. Das Gewicht des kleinen Kindes in ihrem Arm schien sie fast zu Boden zu zwingen. »Unsere beiden letzten.« Sie klang vollkommen ratlos und verzweifelt.

Paige gab Dori einen aufmunternden Klaps auf die Schulter und ging in den Hauptraum. Alle älteren Kinder waren zwar anwesend, aber sie schienen zu spüren, dass etwas in der Luft lag.

»Regan, du bist heute Kind des Tages«, sagte Paige zu einem kleinen rothaarigen Mädchen – diesmal ohne den üblichen Enthusiasmus. Sie führte das sommersprossige Mädchen in die Mitte des Teppichs und ging mit ihm lustlos die Planung des Tages durch.

Im Stillen betete sie dabei, dass keines der Kinder die Frage stellte, wo denn die ganzen Babys geblieben waren. Obwohl es unfair gegenüber dem kleinen Mädchen war, konnte sich Paige nicht konzentrieren. Ihre Gedanken kreisten nur darum, wie sie sich in der Mittagspause davonschleichen konnte, um Piper und Phoebe von den neuen Entwicklungen zu erzählen.

Sie konnte ja schlecht Leo herbeirufen, damit er vor den Augen der Kinder materialisierte. Und sie hatte bestimmt nicht vor, über dieses Thema am Handy zu reden.

Regan schien es Paige nicht übel zu nehmen, dass sie nicht bei der Sache war. Nachdem sie ihren Vortrag über die Tagesplanung beendet hatte, führte Paige die Kinder zu den Maltischen, stattete sie mit Buntstiften aus und stahl sich davon, um einen Schluck Kaffee zu trinken. Als sie kurz darauf wieder zurückkehrte, spürte sie, wie jemand vorsichtig an ihrem Ärmel zupfte. Natalie blickte sie an, die Augen groß wie Untertassen.

Das Mädchen schien kurz davor zu stehen, in Tränen auszubrechen. »Paige, wo sind denn all die Babys?«, wollte sie wissen. »Ist ihnen etwas passiert?«

»Was? Oh, nein, natürlich nicht, Schatz«, sagte Paige bestimmt. »Ihnen ist nichts passiert. Ihre Mamas und Papas wollten nur etwas mehr Zeit mit ihnen zu Hause verbringen, das ist alles.« Sie wählte ihre Worte sorgfältig; Natalie sollte nicht denken, dass irgendjemand hier in Gefahr schwebte.

Jedenfalls in keiner Gefahr, von der wir *wissen*, fuhr es ihr durch den Kopf. Gleichzeitig sollte Natalie aber auch nicht glauben, die Eltern der hier verbliebenen Kinder würden ihre Sprösslinge weniger gern haben, nur weil sie ihre Kinder nicht nach Hause geholt hatten.

»Sie kommen alle bald wieder.« Paige kreuzte heimlich die Finger hinter dem Rücken und fühlte sich scheußlich, weil sie das kleine Mädchen anlog. Aber so war es zu ihrem Besten. Oder?

»Na ja …«, sagte Natalie stockend und unsicher. »Ich habe mich nur gefragt, ob die Babys vielleicht fort sind, weil …« Sie blickte zu Boden.

»Weil was, Natalie? Du kannst es mir sagen. Du kannst mir alles sagen, das weißt du doch«, versicherte Paige dem kleinen Mädchen.

»Na ja, ich dachte, sie wären vielleicht nicht mehr hier, weil es die falschen Babys sind.«

»Nein, natürlich nicht«, setzte Paige automatisch an. Dann hielt sie inne. Wie war das? Was hatte Natalie gerade gesagt? Sie berührte vorsichtig das Handgelenk des Mädchens. »Die falschen Babys? Natalie, was meinst du damit?«

Natalie zuckte mit den Schulter und blickte weg, als ob

sie nichts mehr sagen wollte. »Ich darf nicht darüber reden«, flüsterte sie nur.

»Warum darfst du nicht darüber reden?«, fragte Paige. »Warum?«

Und dann dämmerte es ihr – das Bild mit den Elfen! Das Familie-Spiel.

»Du darfst nicht über Dinge sprechen, die nur in deiner Fantasie existieren, richtig? Haben dir das deine Eltern verboten?«

Auf einmal fügten sich alle Puzzleteilchen zusammen. Wie Paige es schon neulich geahnt hatte, waren Natalies Fantasien alles andere als Hirngespinste. Sie war eine Unschuldige und ein Kind – und das bedeutete, dass sie Dinge sehen konnte, die Erwachsene nicht mehr wahrnahmen, weil sie den Glauben daran verloren hatten. Elfen zum Beispiel. Erwachsene wie Natalies Eltern, die die abgedrehten Vorstellungen ihrer Tochter nicht auch noch unterstützen wollten.

Natalie nickte. »Mami und Papi wollen nicht, dass ich mit anderen Leuten über Dinge rede, die es nur in meiner Vorstellung gibt. Ich darf nur mit den beiden darüber reden.«

Paige seufzte. »Natalie, normalerweise würde ich dir raten, auf deine Eltern zu hören. Aber wir beide wissen, dass einige Dinge, die du siehst, nicht nur in deiner Vorstellung existieren – sie sind real. Und Erwachsene können solche Dinge manchmal nicht sehen, deshalb halten sie sie für pure Einbildung. Aber *ich* bin nicht wie andere Erwachsene. Weißt du, ich kann nämlich auch solche Dinge sehen, also verstehe ich genau, was du meinst, und weiß, dass du nur die Wahrheit sagst.«

Natalie sah unglaublich erleichtert aus.

»Also warum sagst du mir nicht, was mit den Babys nicht stimmt?«, schlug Paige vor. Sie strich eine Haarsträhne aus Natalies Stirn.

»Sie wurden vertauscht«, sagte Natalie. »Von einem kleinen Zauberwesen.«

»Was für eine Art Zauberwesen?«, wollte Paige wissen. Sie spürte, wie echte Besorgnis in ihr aufstieg.

»Es war Katie, aber dann auch wieder nicht«, erwiderte Natalie. »Sie war anders.«

Paige gefiel überhaupt nicht, was sie da hörte. »Natalie, kannst du mir bitte alles erzählen, was du gesehen hast?«

Bevor Natalie antworten konnte, musste sich Paige kurz den anderen Kindern widmen. Sie hatten anscheinend das Interesse am Malen verloren, und Paige dachte sich eine Reihe anderer Beschäftigungen für sie aus. Dann führte sie Natalie zu einem der jetzt frei gewordenen Maltische, um die Unterhaltung ungestört fortsetzen zu können.

»Fang noch mal ganz am Anfang an«, schlug Paige vor »Und hab keine Angst – du kannst mir wirklich alles erzählen.«

»Ich habe es letzte Woche gesehen«, sagte Natalie, offenbar froh, endlich darüber reden zu können. »Bevor … bevor die ersten Babys nicht mehr kamen.«

Paige rechnete schnell zurück. »Am Dienstag?«, fragte sie. Dienstag war Wyatts letzter Tag in der Kita gewesen.

Unsicherheit machte sich auf Natalies Gesicht breit. »Ich weiß es nicht. Unser Tag hier war vorbei, und du warst schon beim Aufräumen. Dori half Michael dabei, sein Hemd zu wechseln, weil er es mit Farbe bekleckert hatte.«

Paige musste ein Kichern unterdrücken, als sie sich an diesen kleinen Unfall erinnerte. »Das war letzten Dienstag, kein Zweifel«, nickte sie. »Wie könnte ich das vergessen?«

Natalie atmete tief ein und erzählte weiter: »Katie ging hinüber ins Babyzimmer, und als niemand hinsah … wurde sie irgendwie undeutlich. Sie hat nicht gesehen, dass ich heimlich geguckt habe. Dann hat sie sich in irgendetwas verwandelt. Aber ich weiß nicht, in was.«

»In eine Elfe?«, fragte Paige. Mit Elfen kannte sich Natalie offensichtlich gut aus.

Natalie lachte auf. »Nein! Elfen arbeiten doch nicht in Kitas!«

Auch wieder wahr, musste Paige zugeben.

Natalie fuhr fort. »Nein, ich weiß nicht, in was sie sich verwandelt hat. Sie hatte plötzlich so spitze Ohren. Und sie war klein. Sie trug plötzlich komische Sachen, so was Ähnliches wie einen Schlafanzug. Sie sah auf jeden Fall ganz anders aus als vorher. Dann sang sie irgendetwas – ich konnte es aber nicht hören –, und auf einmal strahlte alles auf. Dann wurden auch die Babys undeutlich – und plötzlich waren es andere Babys.«

»Du konntest sehen, dass es andere waren?«, fragte Paige.

Natalie nickte stolz. »Oh ja. Die Babys wurden undeutlich. Und die neuen waren anders.«

»Aber irgendetwas könnte doch auch mit den alten Babys passiert sein, nachdem sie ›undeutlich‹ geworden sind. Es müssen doch nicht unbedingt neue geworden sein.«

Natalie erzählte weiter. »Aber ich bin näher herangeschlichen, um zu sehen, was da los ist. Ich konnte hören, wie Katie zu den Babys sprach. Sie gab ihnen andere Namen. Ich habe nicht alles verstanden, aber erinnerst du dich an das Baby, das Simon hieß? Sie nannte ihn Caleb.«

Eine Gänsehaut lief über Paiges Haut. Das klang übel, sehr übel. Sie war so froh, endlich auf eine Spur gestoßen zu sein, dass es ihr egal war, dass diese Informationen von einem Vorschulkind stammten.

Paige blickte auf ihre Armbanduhr. Es war noch nicht einmal elf Uhr vormittags. Aber sie musste irgendwie von hier weg, um ihre Halbschwestern und Leo zu informieren. Sie musste ihnen davon berichten, was Natalie erzählt hatte.

Dann traf sie die Erkenntnis wie ein Schlag! Sie hatte sich solche Sorgen um die Babys gemacht – und dabei das Kind vergessen, das ihr und ihren Halbschwestern am meisten am Herzen lag. Wyatt!

War er auch ein »anderes« Baby?

Dori würde wahrscheinlich ausflippen, wenn Paige sie jetzt allein ließ. Aber das spielte im Moment keine Rolle mehr. Wyatt hatte absoluten Vorrang.

Sie wandte sich wieder an Natalie. »Natalie, du hast genau das Richtige getan, indem du mir die Wahrheit gesagt hast«, erklärte sie dem kleinen Mädchen. »Du kannst mir immer alles erzählen. Selbst, wenn es um etwas geht, das vielleicht nur in deiner Fantasie geschehen ist.« Paige nahm Natalie fest in den Arm, dann rannte sie hinüber zu Dori. Sie musste unbedingt mit ihr reden.

»Dori, es tut mir wirklich Leid, und ich weiß, der Zeitpunkt ist denkbar schlecht – aber ich muss einfach gehen«, sagte sie, als sie ihrer verdutzten Chefin gegenüber stand. »Piper ist, äh … allein mit Wyatt zu Hause, und es geht ihr nicht gut. Sie braucht Hilfe, und ich kann sie nicht im Stich lassen.«

Dori war fassungslos. »Paige, du kannst nicht einfach mitten am Tag verschwinden!«, rief sie. »Erst recht nicht, wenn wir knapp an Personal sind!«

»Ich weiß, und es tut mir furchtbar Leid«, wiederholte Paige. »Der Zeitpunkt ist wirklich schlecht, aber ich kann nichts daran ändern.«

Bevor Dori noch weiter protestieren konnte, schnappte sich Paige ihre Handtasche und ihre Schlüssel und sprintete zum Auto.

»Nun werd schon grün, dämliche Ampel«, fluchte Paige zischend. Sie war nur noch ein paar Straßen vom Halliwell-Anwesen entfernt, aber sie hatte das Gefühl, schon seit Stunden im Auto zu sitzen. Sie wollte nur noch nach Hause und Wyatt sehen – oder was immer ihn jetzt ersetzte.

Natürlich war es unmöglich zu sagen, ob diese fremde Kreatur gefährlich oder gar bösartig war. Und Piper – sie war allein mit Wyatt und hatte keine Ahnung, was sie da anstelle ihres Sohnes hütete!

Paige griff hektisch nach ihrem Handy und tippte Phoebes Büronummer ein.

»Phoebe Halliwell«, bellte diese nach nur einem Klingelton in den Hörer. Phoebe klang mehr als gestresst. Paige hasste es, sie zu belästigen – sie wusste, wie wichtig jeder von ihnen das normale Leben war –, doch manche Dinge duldeten eben keinen Aufschub. Wenn es hart auf hart kam, hatten die Verpflichtungen als Hexe einfach Vorrang.

»Phoebe, ich bin es. Du musst nach Hause kommen.

Sofort!«, keuchte Paige atemlos in den Hörer. Endlich sprang die Ampel auf Grün, und sie gab Vollgas.

Phoebe gab ein knurrendes Geräusch von sich. »Paige, ich kann nicht. Ich habe in zehn Minuten eine Besprechung. Elise bringt mich um, wenn ich die verpasse. Außerdem ist meine Kolumne überfällig. Ich werde wohl die ganze Nacht hier verbringen.«

»Hmm, in diesem Fall habe ich eine gute und eine schlechte Nachricht für dich. Die gute Nachricht ist, du wirst wahrscheinlich *nicht* die Nacht in der Redaktion verbringen müssen«, sagte Paige. »Wenn meine Befürchtungen stimmen, wirst du zu Hause sein und deinem gefährlichen Hauptjob als Zauberhafte nachgehen.«

»Und was sind die schlechten Nachrichten?« Phoebe war kurz davor, in den Hörer zu brüllen.

»Na ja, der gefährliche Hauptjob betrifft Wyatt«, erwiderte Paige.

»Was? Was soll das bedeuten?«, verlangte Phoebe zu wissen. Paige konnte über das Handy das hektische Rascheln von Papier hören, was wohl bedeutete, dass Phoebe ihren Terminplan für den Nachmittag durchging.

»Hör zu, ich möchte wirklich nicht am Telefon darüber reden, aber ich fürchte, dass Piper mit ihren Ahnungen über Wyatt Recht hatte. Ich glaube, er ist wirklich nicht … er selbst. Im übernatürlichen Sinne. Für diesen Fall brauchen wir die Macht der Drei. Vertrau mir. Und komm nach Hause!«

Es gab einen Knall, der wie das Zuschlagen einer Schreibtischtür klang. »Okay, jetzt hast du mir wirklich Angst eingejagt«, sagte Phoebe. »Ich bin unterwegs. Aber wenn ich gefeuert werde, musst du mich an die Zeitarbeitsagentur vermitteln.«

»Kein Problem«, sagte Paige. »Ich schätze, es gibt eine freie Stelle in der *Bayside Kindertagesstätte.*« Sie seufzte. »Wahrscheinlich sogar zwei.«

»Piper!«, rief Paige, als sie durch die Haustür in das alte Anwesen stürmte. Den Rest der Fahrt über hatte sie sich ausgemalt, was für eine Art von Monster dieses Wyatt-Ding in Wirklichkeit war, und sie fürchtete schon, zu Hause ein Schlachtfeld vorzufinden.

Aber auf das, was sie wirklich erwartete, war sie nicht vorbereitet.

Piper saß frustriert am Küchentisch und rührte gedankenverloren in einer Tasse Tee.

»Piper! Was ist denn?«

»Ich geb's auf«, sagte Piper niedergeschlagen. »Ich habe alles versucht, um Wyatt aufzuheitern – und alles war umsonst. Wir haben mal wieder einen furchtbaren Vormittag hinter uns. Wie es aussieht, bin ich nicht einmal in der Lage herauszufinden, was meinem Sohn überhaupt fehlt, und ich bin einfach nur fertig. Es war nur eine Frage der Zeit, wer zuerst erschöpft aufgibt.«

»Warte«, sagte Paige, »nur keine Panik. Es liegt nicht an dir. Ich glaube, du hattest Recht. Irgendetwas stimmt tatsächlich nicht mit Wyatt. Ich meine, wahrscheinlich ist das da oben noch nicht einmal Wyatt.«

»W-was redest du da?!«, kreischte Piper. Sie sprang auf. »Leo!!«, rief sie, scheinbar ins Nichts.

Es dauerte nur eine Sekunde, bis Leo materialisierte.

»Was ist denn, Piper?«, wollte er wissen, die Stimme verriet Sorge.

Fast im selben Augenblick traf Phoebe ein. Sie setzte sich an den Tisch, zu allem bereit.

»Paige sagt, dass mit Wyatt irgendetwas nicht stimmt«, sagte Piper. »Wie es aussieht, haben wir jetzt wirklich einen Grund, uns Sorgen zu machen.«

»Nun ja, in Anbetracht der Tatsache, dass ihr mich von meinem Schreibtisch weggezerrt habt – und ich stecke immer noch in der Wiege aller Schreibblockaden –, will ich auch hoffen, dass es einen ernsten Grund gibt. Na ja, ihr wisst, was ich meine ...«, sagte Phoebe. Dann warf sie ihrer Schwester einen besorgten Blick zu. »Hat sich sein Zustand nicht gebessert?« Pipers Blick war Antwort genug.

Paige verschränkte die Arme vor der Brust und erzählte ihren Halbschwestern und Leo, was sie bei ihrem Gespräch mit Natalie erfahren hatte.

»Okay, ein Vorschulkind hat dir also erzählt, dass die Babys vertauscht wurden und diese Kinderschwester sich in eine Elfe verwandelt hat«, wiederholte Phoebe, als Paige mit ihrem Bericht fertig war.

Paige nickte. »Ich schätze, das muss letzten Dienstag gewesen sein. Während Katie sich verwandelt hat, hat sie auch die Kinder vertauscht. Ich habe keine Ahnung, was genau das zu bedeuten hat. Aber es besteht die Möglichkeit, dass die Babys nicht mehr *die* Babys sind, für die wie sie halten. Oder möglicherweise stehen sie unter irgendeinem magischen Bann.« Paige holte tief Luft und blickte schließlich Piper an. »Was immer es ist – es betrifft auch Wyatt.«

Leo runzelte die Stirn. »Wenn etwas wirklich Ernstes vorgehen würde, hätte mich der *Rat* gewarnt«, dachte er laut nach.

Phoebe machte eine beschwichtigende Handbewegung. »Wartet. Wartet mal! Bis jetzt ist ein vierjähriges

Mädchen mit einer mehr als lebhaften Fantasie unsere einzige Informationsquelle.«

»Aber wir haben da oben ein mehr als reizbares Baby, das dieser Theorie einiges an Glaubwürdigkeit verleiht«, seufzte Piper erschöpft.

»Okay, gehen wir mal davon aus, dass du und deine kleine Informantin Recht habt«, sagte Phoebe nachdenklich. »Jetzt, wo ich darüber nachdenke, erinnere ich mich, im *Buch der Schatten* etwas gelesen zu haben ... über ein bestimmtes Wesen ... oder eine Gruppe ... die Babys vertauscht. Sie stehlen die Babys aus der Wiege und hinterlassen ihre eigenen an deren Stelle. Und die falschen Babys werden mit einem Täuschungszauber getarnt. Ich glaube, diese Babys nennt man Wechselbälger.« Sie blickte Paige an. »Hat Natalie irgendetwas darüber gesagt, wie diese Katie in ihrer wahren Gestalt aussah?«

Paige zuckte mit den Schultern. »Klein. Spitze Ohren.« Sie blickte ahnungsvoll in die Runde. »So wie eine Elfe, schätze ich mal.«

»Das kann nicht sein!« Piper schüttelte energisch den Kopf. »Das ergibt doch keinen Sinn. Zunächst mal – hätte sich nicht Wyatts magischer Schutzschild automatisch aktiviert? Nichts und niemand kann diesem Kind etwas anhaben. Und außerdem – sind Elfen nicht eher wohlwollende Geschöpfe?«

Leo blickte nachdenklich in die Runde. »Ja, aber sie sind auch für ihre Streiche berüchtigt. Und vielleicht ist diese Tauschaktion ja ihre Art von Humor. Vielleicht geht es ihnen gar nicht darum, Böses zu verbreiten.«

»So oder so«, knurrte Piper, »sie haben sich mit den Falschen angelegt. Aber das erklärt alles noch nicht, wie sie an Wyatts Schutzschild vorbeigekommen sind.«

Leo schüttelte den Kopf. »Wyatts Schutzzauber würde nicht aktiviert werden, wenn diese Elfe ein Gestaltwandler war und ihm als jemand erschienen ist, dem er vertraute.«

»Wie Katie«, sagte Paige und schlug sich die flache Hand gegen die Stirn. »Katie hat er vertraut. Ich habe an ihrer Seite gearbeitet. *Ich* habe ihr vertraut! Das ist alles meine Schuld!«

»Hey, hey, hey«, rief Piper aus, ging auf Paige zu und legte einen Arm um ihre Schulter. »Vergiss es. Wenn jemanden die Schuld trifft, dann mich. Ich war so wild darauf, wieder arbeiten zu gehen, dass ich Wyatt bei der erstbesten Gelegenheit abgeschoben habe.«

»Moment mal, Piper. Du hast nur getan, was viele werkstätige Mütter tun. Von ›abschieben‹ kann gar nicht die Rede sein!«, warf Phoebe ein.

»Ladys, ich glaube, wir reden hier um den heißen Brei herum«, sagte Leo und versuchte, die allgemeine Aufmerksamkeit wieder auf das Wesentliche zu lenken. »Wir müssen sofort herausfinden, was tatsächlich geschehen ist.«

»Du hast Recht. *Buch der Schatten?*«, fragte Phoebe und deutete mit dem Finger Richtung Dachboden. Die kleine Truppe folgte ihr über die Treppen nach oben.

»Seid leise«, zischte Piper. »Wyatt – oder was immer sich für meinen Sohn ausgibt – schläft!«

Kaum auf dem Dachboden angekommen, klappte Phoebe den alten Folianten auf und blätterte durch die vergilbten Seiten. »Ich glaube, was ich über die Wechselbälger gelesen habe, stand in dem Kapitel über Elfen«, sagte sie. Dann tippte sie mit dem Finger auf eine Seite.

»Wechselbälger«, las sie vor. Dann überflog sie mit

schnellen Blicken den Eintrag. »Aha, das passt: Missgünstige Elfen sind dafür bekannt, ihre eigenen Babys mit denen von Menschen zu vertauschen, um harmlose Verwirrung zu stiften. *Harmlos*!«, rief sie verärgert aus.

»Steht da auch etwas darüber drin, wie wir unsere Babys zurückbekommen?«, wollte Piper wissen.

Phoebe sah wieder in das Buch. »Zunächst einmal müssen wir sichergehen, dass es sich tatsächlich um einen Wechselbalg handelt. Wir können einen Zauber anwenden, der das wahre Gesicht des Kindes offenbaren wird.«

»Dann mal los!« Paige klatschte in die Hände und scheuchte die anderen an die Arbeit.

Piper raste wie von der Tarantel gestochen ein Stockwerk tiefer, um Wyatt zu holen. Nur Sekunden später erschien sie wieder auf dem Dachboden, ein schläfrig dreinschauendes Baby im Arm, das ein exaktes Ebenbild ihres Sohnes war. »Ich kann mir gar nicht vorstellen, dass dieses Kind ein Elf sein soll – und nicht mein eigener Sohn«, murmelte sie. »Und dann wieder … kann ich es mir doch vorstellen. Irgendwie hoffe ich sogar, dass es so ist. Es würde so vieles erklären.« Sie holte tief Luft. »Sag den Zauberspruch auf, Phoebe.«

Phoebe trat einen Schritt vor und hielt ihre Handflächen über Wyatts Kopf.

Mächte des Dunkeln
und Mächte des Lichts!
Offenbart uns, was wahr ist,
und zeigt uns, was nicht.

Urplötzlich zuckte ein blendendes Licht durch den Dachboden, und Piper wurde von einer dichten Rauchwolke umhüllt.

Als sich der Rauch wieder legte, hielt Piper noch immer ein kleines Baby im Arm – ein Kind mit kurzen, pummeligen Gliedern, spitzen Ohren, blitzenden rosa Augen und spitzen Zähnen, die hinter seiner Unterlippe hervorlugten.

Dann öffnete das Elfenbaby den Mund und gluckste fröhlich.

7

Obwohl sie nach dem Zauberspruch etwas Ähnliches erwartet hatte, war Piper doch so erschrocken, dass sie das fremde Kind beinahe fallen ließ.

Zum Glück war Paige auf Draht. »Baby!«, rief sie und orbte das Kind so in ihre eigenen Arme. Das Elfenbaby quietschte vor Vergnügen, als es sich in Paiges Armen wiederfand.

»Oooh, das ist ja so ... gruselig. Okay, das Gute ist ... wir wissen jetzt, dass es ein Elf ist. Aber wo ist Wyatt? Und, äh ... ich habe zwar nichts gegen Elfen – zumindest hatte ich das bis jetzt nicht –, aber könnten wir den Kleinen vielleicht irgendwo ablegen? Ich ekel mich ein bisschen, wisst ihr?«

»Paige, wir haben jetzt ganz andere Probleme«, sagte Piper. Sie klang wie eine Frau an der Grenze zur Hysterie. Leo spürte das auch; er trat näher und legte seine Arme um ihre Hüften.

»Keine Panik, Piper«, sagte er ruhig. »Das hilft uns auch nicht dabei, Wyatt zurückzubekommen.«

»Wir wissen ja nicht einmal, wo er ist«, murmelte sie hoffnungslos.

»Na ja, wir haben immerhin eine Spur«, erwiderte Leo sachlich. »Und außerdem ist unser Sohn ziemlich mächtig. Wir wissen beide, dass er gut auf sich selbst aufpassen kann, bis wir ihn gefunden haben.«

»Stimmt«, nickte Piper. Sie klang wieder ein wenig ruhiger. »Aber lass ihn uns so schnell wie möglich suchen, okay?«

Leo gab ihr einen Kuss auf die Stirn. »Natürlich.«

»Ich werde das Versteck der Elfen auspendeln«, schlug Paige vor.

»Die meisten Elfen legen einen Tarnzauber um ihre Dörfer, um sie zu beschützen«, gab Leo zu bedenken. »Aber du kannst vielleicht die ungefähre Lage auspendeln. Dann werden wir vor Ort einen Zauber aufsagen müssen, um den Eingang zu dem Dorf sichtbar zu machen.«

»Was soll eigentlich diese ganze Geheimniskrämerei«, wollte Phoebe wissen. »Alles nur, damit sie ungestört herumlaufen und fremde Babys klauen können?«

»Streng genommen sind Elfen eigentlich gutmütige Wesen«, erklärte Leo. Die drei Hexen blickten ihn zweifelnd an. »Wirklich. Obwohl ich natürlich verstehen kann, dass ihr das gerade anders seht. Sie schützen ihre Dörfer mit einem Tarnzauber, um bösartige Kreaturen abzuhalten. Eigentlich wollen sie nur ungestört und unter sich bleiben.«

»Du klingst langsam, als würdest du für die Internationale Gesellschaft gegen die Diskriminierung von Elfen arbeiten«, grummelte Piper.

»Ich fange gleich mit dem Auspendeln an!« Paige drückte der widerstrebenden Piper das Baby in die Hand. »Ich will meinen Neffen zurückhaben. Zusammen mit ein paar Antworten!«

Sie schnappte sich eine Karte der Bay Area, ging damit zu einem Stuhl am Fenster, faltete die Karte auseinander, nahm das Kristallpendel von seinem kleinen Ständer und ließ es über der Karte baumeln. Schon nach kurzer Zeit schien das Pendel von einem eigenen Willen beseelt zu sein. Wie von selbst pendelte es sich über einer bestimmten Stelle auf der Karte ein.

»Volltreffer!«, rief Paige triumphierend aus. »Leo hatte Recht. Das Dorf liegt irgendwo in den Wäldern hinter dem Golden Gate Park. Haben wir einen passenden Zauberspruch?«

»Der, mit dem Phoebe das wahre Gesicht des Babys enthüllt hat, sollte auch hierfür reichen. Er löst alle magischen Schleier auf, die die Realität verdecken. Damit müsstet ihr gut zurechtkommen«, sagte Leo.

»Was meinst du mit ›ihr‹?«, fragte Piper misstrauisch. »Hast du etwas Besseres vor?«

Leo deutete in Richtung Decke. »Natürlich nicht. Aber jetzt, da wir handfeste Beweise haben, werde ich den *Rat* fragen. Vielleicht verrät man mir dort, was eigentlich los ist. Ein Versuch kann zumindest nicht schaden. Ihr braucht mich doch nicht *wirklich*, oder? Elfen sind eigentlich nicht bösartig, und ihr tretet ihnen mit der geballten Macht der Drei gegenüber. Ruft mich einfach, falls ihr doch Hilfe braucht.«

Phoebe nahm ihre Befehlshaltung an. »Okay, Soldat«, sie deutete auf Leo. »Du siehst zu, dass du da oben etwas rausbekommst. Piper nimmt das Baby, und du, Paige, orbst mit dem Zauberspruch in den Wald. Es gibt da ein paar Elfen, die einen Tritt in ihren kleinen Hintern verdient haben.«

Leo nickte und verschwand in einer Lichtwolke.

»Ich vermute mal, ihre Hintern sind wirklich klein«, scherzte Paige, während sie den Zauberspruch aus dem *Buch der Schatten* abschrieb. »Umso besser für uns.« Ihre Halbschwestern blickten sie tadelnd an. »Was ist denn? Ich versuche nur, die Stimmung etwas zu heben, okay? Meine Güte!«

»Wie auch immer«, sagte Piper, die langsam das Gewicht des spitzohrigen Babys in ihren Armen zu spüren begann. »Dieses Gör hier wird nicht leichter. Könnten wir uns vielleicht ein bisschen beeilen?«

Die magisch ausgependelte Landkarte hatte die drei jungen Frauen in tiefes Walddickicht geführt. Hier, nicht weit vom Golden Gate Park entfernt, schienen die Baumkronen dicht genug zu sein, um auf ihnen laufen zu können. Selbst jetzt, im hellen Tageslicht, jagte das schier undurchdringliche Dickicht den Dreien einen Schauer über den Rücken. Jede von ihnen hatte schon einmal in solch einem Wald vor einer lebensbedrohlichen Situation gestanden, und keine legte Wert darauf, diese Erfahrung zu wiederholen.

»Seid ihr sicher, dass dies die richtige Stelle ist?«, fragte Piper unsicher. Alles wirkte so ruhig und friedlich. Piper hatte das Elfenbaby mit einem Tragetuch sicher vor ihrer Brust befestigt. Bei jedem Schritt schaukelte es – friedlich schlummernd – sanft auf und ab.

Zum Glück waren die Drei keinem Wanderer begegnet. Seit sie ihre Hexenkräfte entdeckt hatten, waren sie schon oft in arge Erklärungsnot geraten – doch die Existenz eines Babys mit Spockohren und kleinen Reißzähnen zu erklären, hätte selbst ihre Fantasie auf eine Zerreißprobe gestellt.

Phoebe schien sich alles andere als sicher zu sein, sie zum richtigen Ort geführt zu haben. »Genau weiß ich es auch nicht«, gab sie zu. »Aber das hier ist die Stelle, zu der uns der Kristall geführt hat.« Sie griff in ihre Tasche und zog ein gefaltetes Stückchen Papier hervor. Dann faltete sie es auseinander, strich es glatt und räusperte sich. »Legen wir los«, sagte sie.

Mächte des Dunkeln
und Mächte des Lichts!
Offenbart uns, was wahr ist,
und zeigt uns, was nicht.

Buum!

Wieder zuckte ein Blitz, und eine dichte Rauchwolke umhüllte die drei Hexen. Phoebe musste husten. »Hat es was genützt?«, fragte sie.

»Könnte man sagen«, erwiderte Piper.

Phoebe wedelte den Rest der Rauchwolke aus ihrem Gesicht. Dann sah sie, was ihre Schwester gemeint hatte, und keuchte auf.

Direkt vor ihnen erstreckte sich ein ganzes Elfendorf; eine kleine Ansammlung von ländlich anmutenden Häuschen mit Reetdächern und geschwungenen Holztüren. Phoebe hatte den Eindruck, in der Welt aus *Herr der Ringe* gelandet zu sein. Oder in einem Schlumpfdorf.

»Ooh, ist das alles klein«, rief sie fasziniert aus.

»Yeah, wahnsinnig süß«, grummelte Piper. »Und jetzt lasst uns meinen Sohn suchen!«

»Äh, ich glaube, wir werden nicht lange suchen müssen«, sagte Paige. Ihre Stimme klang nervös. »Man hat uns entdeckt.«

Und tatsächlich: Eine kleine Gruppe aus spitzohrigen Wesen hastete auf sie zu. »Wer ist da?«, rief einer von ihnen, ein kleiner Mann mit dichtem, lockigem dunklen Haar und einem dazu passenden Bart.

»Wir sind Hexen«, sagte Paige. »Ihr habt vielleicht von uns gehört. Wir sind die Zauberhaften. Wir haben eines eurer Babys.«

Der Elf blieb stehen und beugte sich vornüber, die

Hände auf die Knie gestützt und schwer atmend. »Ich muss dringend wieder in Form kommen«, keuchte er. Kaum war er wieder bei Atem, blickte er die drei Halliwells streng an. »Wie habt ihr uns gefunden? Ihr müsst Zauberwesen sein«, stellte er vorwurfsvoll fest. Sein kleiner Elfentrupp rannte zu ihm vor und versammelte sich in einem nicht sehr bedrohlichen Halbkreis um die Drei.

»Darauf kannst du deinen kleinen Elfena-«, setzte Piper wütend an und machte einen Schritt vorwärts.

Paige hielt sie zurück. »Piper ...« Dann wendete sie sich den Elfen zu. »Hört einfach zu, okay? Wir sind Hexen. Bringt uns zu eurem Anführer oder zu jemandem, der das kann.«

Der bärtige Elf verengte seine Augen zu Schlitzen und blickte sie an. »Warum sollten wir das tun?« Sein Blick schweifte ab und traf auf das Baby, das sicher eingewickelt vor Pipers Brust befestigt war. Langsam machte sich Erkenntnis in seinem Gesicht breit.

»Warum habt ihr unser Baby?«

Phoebe zog eine Augenbraue hoch und blickte den Elf an. »Ich glaube, die Frage ist eher – warum habt ihr *unser* Baby?«

»Und all die anderen Babys, die ich in der Kindertagesstätte betreut habe?«, ergänzte Paige.

Der Elf ignorierte Paiges Frage. Stattdessen rannte er zu Piper, um einen besseren Blick auf den kleinen Elf in ihren Armen werfen zu können. »Samuel!«, rief er glücklich aus. »Es geht dir gut!«

»Ja, Kleiner, und ich hoffe für dich, dass es Wyatt auch gut geht«, grollte Piper. »Und dass es eine wirklich gute Erklärung für das alles gibt.«

Der Elf trat nervös von einem Bein aufs andere. »Habt ihr gesagt, ihr seid die Zauberhaften?«, fragte er.

Piper verdrehte die Augen. »Das haben wir. Hört ihr schlecht? Ihr habt doch schon so große Ohren.«

Der Elf drehte sich um und trabte in Richtung des Dorfes. Er bedeutete den drei Hexen, ihm zu folgen. »Hier entlang.«

Rowan, der Elfenkönig, war keine besonders beeindruckende Gestalt. Es half auch nicht gerade, dass er nicht einmal einen Meter groß war. Er saß auf einem kleinen, mit Plüsch überzogenen Thron, der mit güldenen Verzierungen und Schnitzereien geschmückt war. Die drei Zauberhaften mussten beinahe krabbeln, um den Thronsaal zu betreten.

»Ich kann nachvollziehen, dass ihr nicht gut auf uns zu sprechen seid«, sagte Rowan. Dabei schwenkte er ein kleines Metallzepter in ihre Richtung.

»Das ist die Untertreibung des Jahres, Bürschchen«, erwiderte Piper und deutete auf das Baby, das sie noch immer trug. »Ich will euren Samuel gegen meinen Wyatt tauschen. Und ich hoffe für euch, dass ihr ihm nicht ein einziges Haar gekrümmt habt.«

Phoebe nickte zustimmend. »Und glaubt mir, wir würden das merken.«

»Es geht nicht nur um Wyatt«, erinnerte Paige. »Fast alle Babys aus der Kindertagesstätte sind verschwunden. Sie müssen hier irgendwo sein.«

Rowan nickte grimmig. »Ich weiß, dass wir nicht rechtens gehandelt haben, aber ihr wisst nicht, in welcher Lage wir uns befanden … ihr wisst nicht, was es bedeutet hätte, wenn …« Er seufzte und stieg würdevoll von seinem Thron. »Sie sind alle hier. Und es geht ihnen gut. Sie sind bei Caitlyn in der Kinderkrippe. In *unserer* Kinderkrippe. Bitte folgt mir. Ich werde euch selbst dorthinführen.«

Rowan geleitete die drei Hexen durch ein Labyrinth aus miteinander verbundenen Gängen. Die Zauberhaften folgten ihm wachsam. Rowan selbst schien nicht gefährlich zu sein; sie hatten schon früher mit Elfen zu tun gehabt. Als Piper einmal Hilfe bei der Betreuung von Wyatt gebraucht hatte, war sie an das beste Kindermädchen herangetreten, das sie kannte – ironischerweise eine Elfe.

»Da sind wir«, sagte Rowan, als er vor einer dicken Holztür stehen blieb. »Hier ist unsere Kinderkrippe.« Er blähte seine Brust auf und drückte mit seinem ganzen Gewicht gegen die Tür. Mit einem protestierenden Knarren öffnete sie sich. »Caitlyn, bitte bring mir das Baby, das Wyatt heißt«, rief er.

Die Zauberhaften gingen auf die Knie, krabbelten durch die Tür in die Kinderkrippe und hielten den Atem an.

»Wyatt!«, rief Paige und orbte das Baby ohne es zu wollen in ihre Arme. Sie reichte es an Piper weiter, die es mit Küssen bedeckte.

»Ach, du meine Güte«, sagte Caitlyn, die Dienst habende Elfe. Sie eilte vor und zog Samuel aus dem Tragetuch. »Wie habt ihr uns gefunden?«

Piper funkelte sie an. »Ich fürchte, Schätzchen, ihr habt euch einfach mit den falschen Menschen angelegt.«

Sie drückte Wyatt fest an ihre Brust. »Das hier ist mein Sohn, und wir« – Piper nickte den beiden anderen Halliwell-Hexen zu – »wir sind die Zauberhaften.«

Caitlyn keuchte auf.

»Die Frage ist, warum habt ihr überhaupt Menschenkinder geraubt?«, wollte Phoebe wissen. »Nur aus Spaß? Denn ich kann euch sagen, es gibt da draußen eine Menge unglücklicher Menschen. Und wir können euch nicht einfach damit durchkommen lassen.«

»Katie?«, fragte Paige ungläubig. Sie trat näher an die Elfe heran und betrachtete ihr Gesicht auf das Genaueste. »Du bist Katie, oder? *Du* hast die Babys in der Kita ausgetauscht!«

Das Gesicht der Elfe verzerrte sich, dann begann sie zu weinen. »Es stimmt. Ich habe sie vertauscht. Aber nicht zum Spaß! Ich musste es tun! Sag es ihnen, Rowan«, flehte sie ihren König an.

Rowan strich sich ernst durch den silbergrauen Bart. »Sie sagt die Wahrheit. Wir waren in einer sehr schwierigen Situation«, gab er zu.

»Ich dachte, ihr Elfen steht darauf, Chaos zu verbreiten?«, fragte Phoebe. »Wollt ihr uns erzählen, dass mehr dahintersteckt?«

Rowan nickte und deutete mit einer weit ausholenden Geste auf die anderen Babys in der Kinderkrippe. Sie lagen friedlich in ihren Wiegen und sahen rundum glücklich und gut versorgt aus.

»Sieht das aus, als wären wir nicht gut zu ihnen gewesen? Caitlyn ist eine Topkraft in Sachen Kinderpflege.«

Trotz ihrer Tränen richtete sich Caitlyn stolz auf.

»Tut mir Leid, aber das spielt keine Rolle«, sagte Piper. »Wir müssen diese Kinder ihren Eltern zurückbringen.«

»Alle«, ergänzte Paige. Sie war erstaunt über die schier endlosen Reihen menschlicher Babys. Sie überschlug die Zahl kurz und kam zu dem Schluss, dass mindestens hundert Babys in dieser Kinderkrippe liegen mussten. Mindestens fünfmal so viele wie in ihrer Gruppe. »Diese Kinder stammen nicht alle aus der *Bayside Kindertagesstätte*, nicht wahr?«, verlangte sie zu wissen.

Caitlyn blickte beschämt zu Boden. »Nein. Ich musste sie von den verschiedensten Orten holen. Ich brauche eine Armee.«

»Eine Armee von *Babys*?«, fragte Piper ungläubig. »Was zum Teufel wollen Elfen mit einer Baby-Armee?«

»Wir hatten keine andere Wahl«, erwiderte Rowan. »Eine dämonische Kopfgeldjägerin kam in unser Dorf. Sie verlangte unsere Sprösslinge. Einer der Herren der Unterwelt will eine Armee heranzüchten, und dafür wollte er unsere Babys.«

»Also habt ihr ihm stattdessen menschliche Babys angeboten«, schloss Phoebe. »Das gefällt mir nicht. *Überhaupt* nicht.«

»Aber die wenigsten Menschen haben magische Kräfte«, warf Paige ein. »Hat er vor, ihnen Kräfte zu verleihen? Ohne magische Kräfte ist eine Armee der Finsternis ziemlich witzlos.«

»Ich glaube, er will ihnen tatsächlich magische Kräfte verleihen«, bestätigte Caitlyn. »Aber mehr wissen wir nicht. Die Kopfgeldjägerin hat uns nicht mehr erzahlt.«

»Also wolltet ihr einfach Dutzende von Menschenbabys verschachern?«, wollte Piper schockiert wissen. »Und wollt uns jetzt erzählen, ihr hättet keine andere Wahl gehabt? Glaubt ihr etwa, wir hätten nun Mitleid mit euch?«

»Was hätten wir denn tun sollen?«, fragte Rowan.

»Ihr hättet zu uns kommen können. Viele Unschuldige tun das, und wir helfen ihnen«, erinnerte ihn Phoebe an die Aufgabe der Zauberhaften. »Wir wären an eurer

Stelle gegen die Kopfgeldjägerin oder den Dämon angetreten, und die Babys wären sicher gewesen. Menschenbabys zu stehlen war ganz sicher nicht der richtige Weg aus dem Dilemma.«

»Und jetzt werdet ihr sie wieder zurückbringen«, verlangte Piper.

Caitlyn schluckte. »Aber was sollen wir tun, wenn die Kopfgeldjägerin zurückkommt?«

»Das ist nicht mehr mein Problem«, sagte Piper barsch. »Ihr scheint ganz gut auf euch selbst aufpassen zu können.«

»Sie wird uns alle umbringen!« In Caitlyns Stimme klang echte Panik mit.

»Ihr habt menschliche Babys gestohlen, um sie einem dämonischen General zu überlassen«, erinnerte Piper sie. »Habt ihr nicht einen Ersatzplan ausgeheckt, falls jemand dahinterkommt? Ihr könnt euch ja noch einen ausdenken, sobald ihr alle Babys zurückgebracht habt.«

»Von hier aus kann ich das nicht«, erwiderte Caitlyn trotzig.

»Das stimmt doch gar nicht«, rief Paige. »Natalie hat mir erzählt, dass du ›undeutlich‹ wurdest und dann ein Liedchen geträllert hast, bis sich die Babys verändert haben. Ich schätze mal, ihr habt eine Art von Feenstaub …«

»*Elfen*staub«, berichtigte Rowan indigniert.

»… mit dem ihr Babys auf magische Art und Weise austauschen könnt«, fuhr Paige fort und überhörte die Berichtigung des kleinen Königs.

Caitlyn sah plötzlich eingeschnappt aus. »So habt ihr mich also gefunden? Durch ein kleines Mädchen?«

»Keine Sorge, wir hätten das alles früher oder später

auch ohne fremde Hilfe herausgefunden«, sagte Phoebe. »Piper kennt schließlich ihren eigenen Sohn.«

Auch wenn wir anderen zu dickköpfig waren, um ihren Instinkten als Mutter zu vertrauen, dachte sie reumütig. Sie warf Piper einen Verzeih-mir-Blick zu, aber Piper zeigte mit einem Lächeln, dass so etwas gar nicht nötig war.

Caitlyn schien sich in ihr Schicksal zu fügen und seufzte.

»Tretet etwas zurück«, sagte sie zu den drei Hexen, die – nach Elfenmaßstab – einen gewaltigen Schritt Richtung Tür machten. Dann langte Caitlyn in ihre Tasche und zog eine Hand voll Elfenstaub heraus. Sie beugte sich vor und blies ihn sanft aus ihrer Handfläche. Der Staub verteilte sich sofort in alle Richtungen. Genau so, wie Natalie es erzählt hatte, schien alles unscharf zu werden und zu verschmelzen. Kaum hatte sich der glitzernde Staub wieder verzogen, konnten die drei Zauberhaften in allen Wiegen kleine Elfenbabys strampeln sehen.

»Hattet ihr sie nicht getarnt?«, fragte Phoebe verwundert. »Damit sie wie Menschen aussehen?«

»Ja, aber der Tarnzauber verfliegt, sobald sie wieder in unserem Reich sind«, erklärte Rowan.

Caitlyns Schultern sackten ab. »Wir haben getan, was ihr verlangt habt. Wenn ihr uns nicht helfen wollt, solltet ihr jetzt gehen. Die Kopfgeldjägerin wird in ein paar Stunden hier sein, und wir müssen uns darauf vorbereiten. Sie wird nicht zufrieden sein. Aber wir werden uns unsere Babys nicht wegnehmen lassen.«

»Dann versteht ihr ja, wie es uns ergangen ist«, sagte Phoebe sanft. »Wir können euch nicht helfen. Ihr habt menschliche Babys in Gefahr gebracht. Wir müssen jetzt gehen.«

»Ich kann euch bis an das Außentor des Dorfes begleiten«, bot Rowan an. »Sobald ihr es durchschreitet, seid ihr außerhalb unseres Tarnzaubers. Ohne euren Zauberspruch werdet ihr das Dorf nicht mehr sehen können.«

»Alles klar«, sagte Piper. Sie konnte es nicht mehr erwarten, Wyatt nach Hause zu bringen, damit sein Vater ihn wiedersehen konnte.

»Viel Glück mit der Kopfgeldjägerin«, sagte Paige. Sie fühlte sich ein wenig schuldig, die Elfen einfach ihrem Schicksal zu überlassen. Sie wirkten so klein und harmlos. Andererseits – wenn sie wirklich so unschuldig wären, hätten sie nicht eine ganze Armee menschlicher Babys zusammengestohlen, berichtigte sie sich in Gedanken.

Rowan führte die Drei über einen gewundenen, steinigen Pfad. Je weiter sie sich vom Dorf entfernten, desto mehr Moos und Unterholz bedeckten ihn. Endlich erreichten sie die Tore des Dorfes. Rowan öffnete sie.

»Ich möchte mich noch einmal für diesen furchtbaren Vorfall entschuldigen«, sagte er. »Ich hoffe, ihr versteht, dass uns die Hände gebunden waren.«

»Und ich hoffe, ihr versteht, dass wir euch das nicht durchgehen lassen konnten«, entgegnete Piper. Wyatt grinste Rowan aus seinem Tragetuch fröhlich an.

Rowan nickte grimmig. »Lebt wohl.«

Er trat beiseite, um die drei Zauberhaften durch das Tor gehen zu lassen.

Als sie auf der anderen Seite waren, wollten sie noch einen letzten Blick auf das Dorf werfen. Aber wie Rowan gesagt hatte, war es verschwunden.

»Kommt, Leute«, sagte Piper. Sie rieb sich die Hände an ihrer Jeans sauber. »Bringen wir Wyatt nach Hause.«

»Rate mal, wer wieder zu Hause ist!«, rief Piper, kaum dass sie sie den Flur des Anwesens betreten hatten. Ihre Stimme hallte von den Wänden des alten Hauses wieder. »Leo?«

Er war nirgendwo zu finden. Piper ging hinüber ins Wohnzimmer und versuchte es noch einmal. »Leo!«

Phoebe und Paige waren Piper gefolgt. »Vielleicht ist er immer noch beim *Rat der Ältesten*«, vermutete Phoebe.

»Und ich dachte, wir wären endlich beim Happy End angekommen«, grummele Piper. Dann ließ sie sich in das Sofa fallen.

Kaum hatte sie Wyatt aus dem Tragetuch gewickelt, erfüllte ein sanft gleißendes Licht den Raum. Leo materialisierte. Er sah gleichermaßen verwirrt und besorgt aus.

»Piper?«, fragte er. Dann sah er Wyatt, und ein Grinsen machte sich auf seinem Gesicht breit. »Da ist ja mein Großer!«, rief er aus und umarmte seinen Sohn voller Begeisterung. »Hast du uns schon vermisst?« Dann wirbelte er wieder zu Piper herum. »Er ist doch in Ordnung, oder?«

Piper nickte matt. »Ja. Sie haben ihn behandelt wie einen König, obwohl sie keine Ahnung hatten, wer er war. Wyatt war nur eines von hundert Babys, die von den Elfen ausgetauscht wurden, um ... das glaubst du nie, um ...«

»Eine Armee für die Unterwelt zu stellen, richtig?«, beendete Leo ihren Satz. »Der *Rat* hat auch gerade davon erfahren. Die Mitglieder sind außer sich. In gewisser Weise war es gut, dass die Elfen Wyatt entführt haben, sonst hätten wir vielleicht nie erfahren, was dahintersteckt.«

»Ja, wir können wirklich von Glück reden«, erwiderte Piper sarkastisch.

»Und ihr habt sie dazu gebracht, die Babys erneut auszutauschen?«

Paige nickte. »Ja, obwohl sie nicht gerade begeistert waren. Sie machen sich natürlich Sorgen darüber, was passieren wird, wenn die Kopfgeldjägerin zurückkommt.«

Leo nickte. »Aus gutem Grund. Elfen verfügen nur über minimale magische Kräfte. Gegen einen Kopfgeldjäger haben sie nicht den Hauch einer Chance.«

Phoebe biss sich nervös auf die Unterlippe. »Was willst du damit sagen? Dass wir hätten dableiben und ihnen helfen sollen?«

Leo blickte die Drei fassungslos an. »Natürlich. Ihr seid die Zauberhaften – Beschützerinnen der Unschuldigen. Und die Elfen *sind* unschuldig.«

»So einfach ist das nicht, Leo«, protestierte Piper. »Sie haben unseren Sohn und viele andere Babys entführt. Sie wollten sie an eine dämonische Kopfgeldjägerin abgeben. Das klingt in meinen Ohren nicht besonders unschuldig.«

»Sie haben einen Fehler gemacht, Piper, daran besteht kein Zweifel. Und ich mache dir auch keinen Vorwurf, wütend auf sie zu sein. Es war eure Entscheidung. Ich berichte euch nur, was der *Rat* davon hält.«

»Und was ist *deine* Meinung?«, wollte Piper wissen.

Paige räusperte sich. »Hört mal, ich, äh, ich wollte da draußen nichts sagen, weil du Recht hast, Piper – was die Elfen getan haben, ist wirklich unverzeihlich. Aber sie tun mir auch Leid. Und ich mache mir Sorgen um sie. Mir gefiel es überhaupt nicht, ihnen einfach den Rücken zuzukehren und sie ihrem Schicksal zu überlassen.«

Piper wirbelte herum und blickte Paige an. »Du denkst also, wir sollten zurückgehen?«

Phoebe hob zögernd ihre Hand. »Ich bin auch dafür. Bin ich jetzt ein Verrätertantchen?«

Piper blickte die anderen funkelnd an, doch dann hob auch sie die Hand. »Was soll's«, gestand sie, »ich fühle mich auch mies, seit wir abgerauscht sind. Ich wollte nur nichts sagen.«

»Okay, was sagte Caitlyn, wann die Kopfgeldjägerin zurückkommt?«

»In ein paar Stunden«, sagte Phoebe. »Was uns nicht mehr viel Zeit für Vorbereitungen lässt.«

»Kopfgeldjäger können zwar unangenehm sein, sind aber meist nur einfache Söldner-Dämonen«, warf Leo ein. »Ein simpler Bann, untermauert von der Macht der Drei, sollte genügen.«

»Ich könnte vorsichtshalber noch eine magische Mixtur brauen«, bot Paige an.

»Kannst du dich damit beeilen?«, bat Piper.

»Wunder dauern etwas länger«, antwortete Paige. Dann lächelte sie grimmig. »Aber ich werde sehen, was sich machen lässt.«

Bei ihrem zweiten Besuch fanden sich die Zauberhaften schon recht gut im Elfendorf zurecht. Was von Vorteil war, denn sie durften keine Zeit verlieren. Leo war mit Wyatt zu Hause geblieben. Jemand musste dort die Stellung halten, und Leo konnte auf diese Weise auch etwas Zeit mit seinem Sohn nachholen.

Die drei Halliwell-Hexen erschienen mit der ungebrochenen Macht der Drei vor Ort. Sollte es Probleme geben, konnte Leo immer noch zu ihnen orben.

Während sie durch das tiefe Gras des Dorfes schlichen, schirmte Phoebe ihre Augen gegen das Sonnenlicht ab. »Was glaubt ihr, wo sie ist«, fragte sie und blickte dann auf ihre Uhr. »Sie muss schon hier sein. Und wenn nicht, wird sie jeden Augenblick kommen.«

Paige zuckte etwas ratlos mit den Schultern. »In den Quartieren des Königs?«, riet sie.

Piper warf einen Blick über das Dorf. »Ich weiß nicht, Mädels. Irgendetwas stimmt hier nicht. Ich meine, man könnte eine Stecknadel fallen hören. Und wo bleibt unser Empfangskomitee?«

Die drei Hexen tauschten einen Blick aus. »Versuchen wir es in der Kinderkrippe«, entschied Phoebe. »Dahin würde die Kopfgeldjägerin doch wohl auf jeden Fall gehen, oder?«

Paige und Piper nickten. Dieser Plan war so gut wie jeder andere. Um Zeit zu sparen, legte Paige die Arme um die beiden anderen und orbte zum Ziel.

Die Kinderkrippe wirkte wie das Set eines schlechten Horrorfilms.

Im Kleinformat.

Rowan und eine kleine Armee aus Kämpfern hatten einen schützenden Halbkreis um die Wiegen gebildet. Caitlyn war an der Wand in einer glühenden Energieblase eingefroren worden, hilflos, mit weit aufgerissenen Augen.

Die drei Zauberhaften erfassten die Situation sofort. Dazu mussten sie nur dem Energiestrahl folgen, der

Caitlyn an der Wand festhielt. Er entströmte der ausgestreckten Hand einer Gestalt, die nur die Kopfgeldjägerin sein konnte.

Sie war Furcht erregender, als jede Elfenarmee es jemals hätte sein können. Unglaublich groß und dünn erhob sie sich in ihrem hautengen Kostüm über die Elfen wie eine Schurkin aus einem Comic. Ihr Haar war zu einem schmalen, pechschwarzen Pferdeschwanz geknotet, in dem die drei Zauberhaften silberne Strähnen erkennen konnten. Die Augen der Kopfgeldjägerin waren von einem matten Grau, und ihre Wangenknochen traten messerscharf aus dem Gesicht hervor.

Phoebe konzentrierte sich und erhob sich auf magische Weise in die Luft. Sie schwebte quer durch den Raum und versetzte der Kopfgeldjägerin einen gezielten Tritt gegen die Hüfte. Bevor sie reagieren konnte, schleuderte der Treffer sie nach hinten.

Der Energiestrahl, der Caitlyn festhielt, wurde augenblicklich unterbrochen.

Die Kopfgeldjägerin fing sich und blickte wütend auf. Mit einer weit ausholenden Bewegung schleuderte sie einen Energieball.

Piper machte fast im gleichen Moment einen Schritt nach vorn, deutete mit den Fingerspitzen auf den Energieball und ließ ihn in der Luft explodieren.

»W-wer seid ihr?«, fragte die Kopfgeldjägerin ungläubig.

»Die Zauberhaften«, erklärte Piper kurz und bündig. »Und wir haben die Ehre mit …?«

Die Kopfgeldjägerin antwortete nicht, sondern wagte einen erneuten Angriff mit einem Energieball. Dieses Mal deutete Piper direkt auf die Dämonin und ließ sie in der Zeit gefrieren. »Die ist aber nicht besonders höflich«, bemerkte sie leichtherzig und wendete sich Rowan und seiner Armee zu.

Rowan grinste. »Ihr seid zurückgekommen! Dem Himmel sei Dank!«

»Na ja, der *Rat der Ältesten* hat uns bei unserem schlechten Gewissen gepackt«, erwiderte Piper. »Sagen wir einfach, ihr schuldet uns etwas.« Dann wendete sie sich wieder der eingefrorenen Kopfgeldjägerin zu. »Wer genau ist denn jetzt dieses Babe?«

»Ihr Name ist Mya«, antwortete Caitlyn mit zittriger Stimme und kämpfte sich wieder auf die Beine. Einer der Soldaten lief vor, um sie zu stützen. »Wir wissen nicht, woher sie kommt oder für wen sie arbeitet.«

»Sie ist eine Söldnerin«, erklärte Rowan. »Sie hat selbst gesagt, dass sie sich nicht für die Hintergründe ihres Auftrages interessiere. Es ginge ihr nur ums Geld. Je weniger sie wüsste, desto besser.«

»Hmmm, tut mir Leid, aber wir brauchen ein paar mehr Informationen als das«, entschied Piper. Mit einer Handbewegung befreite sie den Kopf der Dämonin von der Erstarrung. »Okay, Blitz-Girl – wer ist dein Auftraggeber?«

»Mein Auftraggeber?«, echote Mya widerwillig.

»Yeah ... wir sind von Natur aus neugierig, weißt du?«, erklärte Piper.

»Was geht euch das an?«, antwortete Mya eiskalt.

Phoebe machte ein paar Schritte auf sie zu, die Hände in die Hüften gestemmt.

»Es geht uns etwas an, seit mein Neffe in die Sache verwickelt wurde.«

Mya seufzte. »Wie ich Caitlyn Poppins hier schon gesagt habe – ich mische mich nicht in die Hintergründe meiner Aufträge ein. Ich stelle keine Fragen. Das ist besser so. Ich erledige den Job, kassiere und verschwinde. Was geht mich dein Neffe an?«

»Nichts«, stimmte Paige ihr zu, »und so wird es auch bleiben. Aber erst wollen wir den Namen des Dämons, der dich angeheuert hat.«

Mya schüttelte den Kopf, so gut ihr das in dem halb eingefrorenen Zustand möglich war. »Vergiss es.«

»Na schön«, sagte Piper mit müder Stimme. »Dann also auf die harte Tour. Eins …« Sie begann zu zählen. »… zwei …« Piper hob eine Augenbraue und blickte fragend in Myas Richtung. Mya sah weg, ihr Gesicht war regungslos, wie in Stein gemeißelt.

»… drei!«

Mit einer Bewegung aus dem Handgelenk ließ Piper die Kopfgeldjägerin explodieren. Splitter flogen durch die Kinderkrippe.

»Ist sie weg?«, keuchte Caitlyn, »ist sie wirklich weg?«

»Na ja, das überlebt normalerweise keiner«, versicherte ihr Phoebe. »Ihr seid jetzt sicher.«

»Vielleicht. Aber für irgendjemanden muss sie ja gearbeitet haben«, stellte Rowan fest. »Und der schickt vielleicht jemand anders an ihrer Stelle.«

Piper nickte nachdenklich. »Das stimmt. Aber so haben wir etwas Zeit gewonnen.«

»Wir finden heraus, wer dahinter steckt«, versprach Paige. »Könnt ihr in der Zwischenzeit vielleicht ein paar weitere magische Sicherheitssperren aufstellen? Wir gehen zurück nach Hause und sehen zu, was wir herausfinden können. Wenn wir Antworten gefunden haben, kommen wir zurück.« Rowan nickte. »Magische Sperren? Das sollte nicht weiter schwierig sein. Wobei ich natürlich nicht weiß, wie lange sie halten werden.«

»Ein oder zwei Tage, länger werden wir wahrscheinlich nicht brauchen«, sagte Paige. »Höchstens.«

»Ich werde mit unseren Zauberern sprechen«, nickte Rowan. »Sie werden sicherlich etwas zusammenstellen können.«

Die drei Hexen machten sich zum Aufbruch bereit.

»Ladys«, rief Caitlyn, als Piper, Phoebe und Paige schon auf dem Weg hinaus waren. »Das war wirklich beeindruckend.«

Phoebe zuckte mit den Schultern. »Wir haben nur unseren Job gemacht.«

Rowan verbeugte sich zu Ehren der Halliwells. »Ich kann euch gar nicht genug danken.« Auch seine Männer verbeugten sich.

Piper zwinkerte ihm zu. »Das stimmt wohl«, sagte sie lächelnd. »Aber schön, dass ihr es versucht.«

8

»OKAY, ICH BIN IN EIN PAAR STUNDEN ZURÜCK«, sagte Piper, während es ihr irgendwie gleichzeitig gelang, in die Küche zu gehen, ihr Haar zurechtzumachen und noch einen Ohrring ins rechte Ohrloch zu stecken. Dann drehte sie sich vor Phoebe einmal um die eigene Achse.

»Vorzeigbar?«

»Mehr als das – du siehst klasse aus. Ein total heißes Babe, wenn ich das mal so sagen darf«, bestätigte Phoebe. Piper spielte wieder ihre Geschäftsfraurolle: körperbetonte, schwarze Jeans und ein einfaches, schwarzes Top über einem Mieder mit Spagettiträgern. Sie trug silbernen Schmuck, und hatte ein wenig mehr Make-up als sonst aufgelegt und ihren Haaren einen seidigen Glanz verliehen.

»Danke. Immer wenn ich für mehr als einen Tag vom Club weg bin, habe ich Angst, dass ich das Gefühl dafür verliere, was die coolen Kids heute tragen«, erwiderte Piper scherzend. »Habe ich schon mal erwähnt, dass es wirklich schwierig ist, Mutterschaft und Beruf unter einen Hut zu bringen?«

Phoebe tat, als würde sie angestrengt darüber nachdenken. »Ich glaube du hast so was schon ein- bis zweimal erwähnt. Auf jeden Fall hast du es verdient, mal wieder deine andere Rolle auszuleben. Gut, es ist das Gegenteil von Erholung – aber du hast schließlich das Wochenende mit einem Dämonenbaby verbracht!«

»Elfenbaby«, korrigierte Piper. »Das ist nicht ganz das Gleiche.«

»Du hast Recht«, stimmte Phoebe zu. »Ich bin jedenfalls froh, dass du heute in den Club gehst. Ich glaube, das hält dich geistig fit.«

»Wenn man davon ausgeht, dass ich meinen Verstand überhaupt noch *habe*«, lachte Piper trocken. »Jedenfalls bin ich sehr dankbar für dein Angebot, auf Wyatt aufzupassen. Leo ist oben beim *Rat*, um herauszufinden, welcher Dämon hinter den Elfenbabys her ist. Paige ist bei der Arbeit und, na ja … ich hätte kein gutes Gefühl dabei, Wyatt wieder in diese Kindertagesstätte zu bringen.«

»Also, das verstehe ich«, sagte Phoebe. »Auch wenn es Wyatt dort gut ginge – sogar *ich* bin noch geschockt von der Sache. Jedenfalls mache ich es gern. Ich verbringe mit Vergnügen Zeit mit ihm, und vielleicht kann ich nebenbei auch etwas über den Dämon recherchieren. Außerdem habe ich Elise gesagt, dass ich heute Nachmittag zu Hause arbeite.«

»Wie kommst du mit deiner Kolumne voran?«, fragte Piper.

Verlegen zuckte Phoebe mit den Schultern und fuhr sich mit der Hand durchs Haar. »Ich habe noch immer eine massive Schreibblockade«, gab sie zu. »Normalerweise geht das ganz von alleine weg, aber zuletzt habe ich all diese Briefe von frisch gebackenen, ratlosen Müttern bekommen, und ich habe *keine* Ahnung, was ich denen für Ratschläge geben soll. Ich dachte, bei all der Zeit, die ich mit Wyatt verbringe, müsste ich auf jede Frage eine Antwort wissen, aber da liege ich offensichtlich falsch.« Niedergeschlagen ließ sie das Kinn in ihre Hände sinken.

»Na, dann ist es bestimmt eine gute Idee, dass du den Nachmittag mit ihm verbringst, oder?«, fragte Piper. »Echte Feldforschung, sozusagen!«

Phoebes Miene heiterte sich etwas auf. »Auf jeden Fall!«

Piper zog eine Augenbraue hoch. »Oder versuche ich nur, mein Schuldgefühl zu beruhigen, dass ich dir mein Kind aufhalse?«

»Rede keinen Unsinn!«, insistierte Phoebe, als sie vom Stuhl aufstand und Wyatt aus seiner Schaukel nahm. »Ich habe wirklich Lust, mit ihm zu Hause zu bleiben. Wir werden uns großartig amüsieren, was?« Sie gurrte und lächelte Wyatt an, der daraufhin vor Vergnügen quietschte.

»Großartig, das ist genau die Antwort, die ich erhofft hatte«, sagte Piper, griff sich ihren Lippenstift und die Schlüssel und warf beides in ihre Handtasche. »Ich muss nur ein paar Sachen erledigen und mich mit einem Bandmanager wegen einiger Auftritte treffen, und dann komme ich nach Hause. Es wird sicher nicht mehr als drei Stunden dauern, höchstens. Ruf mich an, wenn was passiert, okay?«

»Es wird nichts passieren«, antwortete Phoebe mit Nachdruck. »Nun geh schon!« Sie deutete auf die Tür. »Jetzt!«

Piper beugte sich vor und küsste Wyatt überschwänglich. Zu Phoebe sagte sie: »Du bist eine Lebensretterin«, dann verschwand sie durch die Hintertür.

Phoebe wandte sich Wyatt zu. »Hast du das gehört, Kleiner? Ich bin eine Lebensretterin«, sagte sie. »Dumm nur, dass ich auch eine Kolumnistin sein sollte.« Sie trug Wyatt ins Wohnzimmer und setzte ihn in den Laufstall. Dann brachte sie ihren Laptop zum Sofa, klappte ihn auf und schaltete ihn ein. Sie blickte hinüber zu ihrem Neffen, der sie neugierig beobachtete. »Du kannst meine Muse sein«, sagte sie zu ihm. »Wie wäre das?«

Als Antwort lachte Wyatt. Das machte Mut, klar, aber es löste nicht wirklich ihr Problem. Was sollte sie den jungen Müttern sagen? Ihre Erfahrung war so begrenzt. Immerhin war Wyatt erst ein paar Monate alt. Sie trommelte mit den Fingern auf dem Computer herum. Kannte sie jemanden mit einem Säugling? Kannte Piper irgendwelche anderen jungen Mütter? Sicher tat sie das. Vielleicht wussten diese Mütter ja einen Rat. Sicher tauschten sie Gedanken und Ideen beim Kommen und Gehen in den Tagesstätten aus, auf dem Spielplatz oder beim Kinderarzt ... Sie halfen sich bestimmt gegenseitig.

Sollte man meinen.

Phoebe setzte sich auf. Ein Gedanke schoss ihr plötzlich durch den Kopf. Sie hob die Hände und ließ sie über der Tastatur kreisen wie ein Dirigent, der jeden Moment das Zeichen für den Auftakt einer Symphonie geben wird ...

Junge Mütter hatten theoretisch viele Möglichkeiten, sich zu treffen und über ihre Erfahrungen zu sprechen. Aber das hieß noch lange nicht, dass sie diese Möglichkeiten auch *nutzten*, oder?

Phoebe nahm sich ihre Brille, die auf einem kleinen Tisch neben dem Sofa lag. Sie setzte sie auf und öffnete ein neues Word-Dokument.

Dann begann sie zu tippen.

Piper wischte die Bar ein letztes Mal mit einem nassen Schwamm ab und trat zurück. Sie musste zugeben, dass das *P3* gut aussah – der Beweis dafür, dass der Club mit dem richtigen Personal auch ohne sie lief.

Gleich als Erstes hatte sie einen Blick in die Geschäftsbücher geworfen und war positiv überrascht worden: In den letzten Tagen hatte der Club auch ohne sie einen hübschen Gewinn erwirtschaftet.

Piper seufzte. Vielleicht war es wirklich an der Zeit, ernsthaft über einen Kompromiss nachzudenken. Diese ganze Entweder-oder-Strategie funktionierte tatsächlich nicht.

Piper verstaute den Schwamm unter der Bar und schaute wieder auf die Uhr: 15:45 Uhr. Ihr Treffen mit dem Bandmanager war für 15:30 Uhr ausgemacht. Sie war daran gewöhnt, dass *Bands* zu spät kamen – Künstler hatten ein Problem mit Pünktlichkeit, so viel hatte sie schnell gelernt –, aber die *Manager* waren in der Regel überpünktlich. Es musste in ihren Managergenen liegen.

Na ja. Sie würde schon früh genug nach Hause kommen.

Die Eingangstür öffnete sich, und jemand kam herein. Piper schaute auf und sah einen Mann auf sich zukommen, der Selbstsicherheit und Professionalität ausstrahlte. Er war eher klein, aber nicht zu klein, und er trug eine gute, dunkle Cordhose mit Gürtel und ein Hemd, das in der Hose steckte. Sein dickes schwarzes Haar war gegeelt, aber nicht übertrieben zurechtgemacht. Er war entweder der Bandmanager oder ein männliches Modell auf der Suche nach Arbeit. Wahrscheinlich aber Ersteres.

»Troy?«, fragte Piper, als sie hinter der Bar hervortrat, um ihn zu begrüßen. »Troy Harper?« Sie streckte ihm die Hand entgegen, und er reichte ihr seine mit festem Griff. Plötzlich fühlte sie sich wieder wie die Geschäftsfrau des Jahres. Sie hatte die Kontrolle wiedergewonnen, stand über den Dingen – im direkten Gegensatz zu ihrem Debakel mit dem Auslieferungsmann letzte Woche. Gott, das war ein tolles Gefühl.

»Piper Halliwell, Besitzerin und Managerin des Clubs. Freut mich, Sie zu treffen.«

»Freut mich, hier zu sein«, antwortete Troy mit einem kurzen Nicken. Er betrachtete die Aufmachung des Clubs. »Mir gefällt die Aufteilung«, merkte er an. »Haben Sie das selbst entworfen?«

Piper schüttelte den Kopf. »Nun, ich bin keine Architektin oder Innenausstatterin, aber natürlich hatte ich etwas damit zu tun.« Die Untertreibung des Jahres, dachte Piper, und sie wunderte sich, wo ihre falsche Bescheidenheit herkam. Sie hatte unzählige Stunden mit Bauplänen und Textil- und Produktmustern verbracht, bis das *P3* die genaue Umsetzung ihrer Träume verkörperte. »Ich wollte den Club offen gestalten, sodass Tanzen und Livemusik kein Problem sind«, sagte sie einfach.

»Ich würde sagen, das ist Ihnen gelungen«, sagte Troy ernsthaft. »Ich habe nur Gutes über den Club gehört. Den Bands gefällt es sehr, hier aufzutreten.«

»Und ich hoffe«, – Piper dachte angestrengt nach, um keinen Fehler bei dem Namen zu machen – »dass es den *Pretty Little Devils* auch gefällt.«

»Da bin ich mir sicher«, sagte Troy. »Ich habe den Zeitplan der Band in meinem Palm gespeichert. Wir können also die Termine besprechen und schauen, was am besten passt.«

Piper lächelte. »Lassen Sie uns nach hinten in mein Büro gehen, damit ich den Terminkalender auf meinem Computer einsehen kann.« Sie drehte sich um und bedeutete ihm, ihr zu folgen.

Troy blieb einen kurzen Moment stehen. »Piper, ist noch jemand hier?«, wollte er wissen.

Piper wandte sich zu ihm um und sah ihn an. Was für eine merkwürdige Frage, dachte sie. Sie beschloss, dass er wohl nur herausbekommen wollte, wer seine Ansprechpartner waren, und schob ihr ungutes Gefühl beiseite. »Nein, wir sind ganz allein. Die Abendmannschaft kommt in ungefähr einer Stunde, um mit den Vorbereitungen zu beginnen, aber ich muss auch bald los. Nach Hause zu meinem Sohn. Ich bin schon längst weg, wenn der Club aufmacht.«

Ein langsames Lächeln machte sich auf Troys Gesicht breit, was bei Piper wieder ein merkwürdiges Gefühl in der Magengegend auslöste. Irgendetwas stimmt nicht mit dem Kerl, dachte sie. Aber was?

»Längst weg«, wiederholte er. Es klang unheimlich aus seinem Mund. »Ja, das ist sicher richtig.« Seine Zähne verwandelten sich in lange Spitzen, und seine Augen blitzten pinkfarben auf. Piper schüttelte ihren Kopf. Sie fühlte sich, als würde sie halluzinieren.

Was in aller Welt …?, wunderte sie sich; danach wurde ihr schwindelig.

Dann war alles schwarz.

Das Erste, was Piper beim Aufwachen spürte, waren die Schmerzen in ihren Armen. Sie folgte dem Gefühl entlang der Arme, bis hinauf zu ihren Handgelenken und Fingern und stellte ohne große Überraschung fest, dass sie über ihrem Kopf angekettet waren. Versuchsweise zog sie an den Ketten.

Autsch! Die Ketten waren nicht nur eng, sie gaben auch kein Stück nach. Sie waren offensichtlich in die Steinwand einzementiert, an der sie lehnte. Ihr Versuch, die Beine zu bewegen, machte deutlich, dass auch sie an die Wand gekettet waren. Die Wände selbst waren nicht besonders hoch und mit Schimmel bedeckt. Wo immer sie sein mochte, das Hotel *Vier Jahreszeiten* war es jedenfalls nicht.

Nicht gut.

»Ah, du bist wach«, sagte eine Stimme. Piper wandte ihren Kopf in die Richtung, aus der die Stimme kam, – okay, den Kopf konnte sie also noch bewegen, das war wenigstens etwas – und sah Caitlyn, das Elfen-Kindermädchen, das sie anstarrte.

»Was soll das hier?«, fragte Piper. Ihre Stimme klang leise, als sie durch das kleine Verlies hallte.

»Nun, du hast Mya vernichtet, aber wir haben ja gesagt, dass uns das auf lange Sicht nichts bringt. Der Dämon, der hinter unseren Babys her ist, wird nicht aufhören, nur weil seine Söldnerin ausgelöscht wurde«, sagte Caitlyn knapp.

»Aber wir haben doch gesagt, dass wir euch helfen werden!«, protestierte Piper ungläubig. »Mein Mann ist gerade beim *Rat der Ältesten*! Und Phoebe ist zu Hause und studiert das *Buch der Schatten*. Wir werden der Sache auf den Grund gehen.«

»Dafür ist es jetzt zu spät«, antwortete Caitlyn. »Der Dämon Lexor wird sich nicht aufhalten lassen. Er kam letzte Nacht, um die Babys zu holen.«

Piper fühlte eine Welle der Schuld in sich aufsteigen, weil sie nicht in der Lage gewesen war, früher aktiv zu werden. Wenn die Elfen Wyatt nicht gestohlen hätten, wäre sie dann motiviert gewesen, schneller zu handeln? Darauf gab es keine Antwort. Aber sie hatten ihr Baby in

Gefahr gebracht! Konnte ihr irgendjemand vorwerfen, dass sie in einem Zwiespalt befangen war?

Ja, augenscheinlich konnte das jemand. Die Elfen zum Beispiel. Caitlyns Gesicht schimmerte ausdruckslos im Dämmerlicht.

»Er hat sie nicht mitgenommen, oder?«, fragte Piper nervös.

Caitlyn schüttelte den Kopf. »Nein, es ist uns gelungen, ihn zu überzeugen, sie uns zu lassen.«

Piper seufzte erleichtert auf.

»Natürlich hat er einen hohen Preis verlangt«, fuhr die Elfe fort.

Piper schaute sich ihre Umgebung noch einmal an: eine schmale Bruchbude mit Steinwänden. Ketten. Und ein böswilliges Elfen-Kindermädchen als Bewacherin. Jetzt wurde ihr alles klar. »Einen Preis? Der Preis war ich!«, sagte Piper, als sie die Einzelteile in ihrem Kopf endlich zusammensetzte.

»Der Dämon wollte sich natürlich nicht davon abbringen lassen, eine Armee aufzustellen«, erklärte Caitlyn. »Aber wir haben ihn davon überzeugt, dass die Zauberhaften die größte Gefahr für ihn darstellen. Im Austausch dafür, dass er von unseren Babys ablässt, haben wir ihm versprochen, dich auszuliefern, um die Macht der Drei zu durchbrechen. Dann kann er unbehelligt andere Kinder für seine Armee rauben.«

Pipers Verstand raste. »Caitlyn, lass uns zusammenarbeiten«, flehte sie. »Wir können ihn besiegen, wenn wir unsere Kräfte verbünden. Erzähl mir von Lexor. Ich weiß nichts über ihn.«

»Weil du dir so viel Zeit gelassen hast«, knurrte Caitlyn.

Piper seufzte. Caitlyn hatte nicht ganz Unrecht. Trotzdem musste sie die Elfe dazu bewegen, sie zu befreien – wie auch immer. Vielleicht klappt es mit Logik, dachte sie.

»*Er* sollte derjenige sein, den du an die Wand kettest«, sagte Piper. »Caitlyn, er ist ein *Dämon*. Und ich sage es dir nur ungern, aber den meisten Dämonen kann man nicht vertrauen. Das bedeutet, dass er machen kann, was er will, sobald die Macht der Drei zerbrochen ist. Das schließt die Entführung eurer Kinder mit ein. *Und* eure Vernichtung.«

»Warum sollte er das tun?«, fragte Caitlyn. »Was würde er dadurch gewinnen?«

»Was soll ich dir sagen? Dämonen sind verrückt, was das angeht«, sagte Piper. »Sie spielen nicht immer fair.« Sie zerrte an der Kette. Sinnlos. Der Fesselring war unnachgiebig wie zuvor. »Eure einzige Hoffnung besteht darin, mich zu befreien, damit meine Schwestern und ich euch helfen können.«

»Selbst wenn ich es wollte – was ich nicht tue«, sagte Caitlyn verbissen, »ich könnte es nicht. Diese Ketten sind verzaubert. Ich habe nicht die Macht, sie zu brechen.«

»Irgendjemand in eurem Dorf muss das doch können«, sagte Piper beinah flehentlich.

»Aber genau das ist es, Piper. Wir sind noch nicht einmal in der *Nähe* meines Dorfes«, sagte Caitlyn freundlich. »Wir sind in Lexors Verlies. Er wird jeden Moment hier sein. Du bist gefangen in der Unterwelt, meine Liebe.«

9

»PAIGE! GOTT SEI DANK, DASS DU KOMMST!«, rief Phoebe und sprang vom Sofa auf, um ihre Halbschwester zu begrüßen.

»Okay …«, sagte Paige ein wenig irritiert. »Was ist los?«

»Ich bin mir nicht sicher«, antwortete Phoebe. Sie trat einen Schritt zurück, um Paige die Möglichkeit zu geben, zu Atem zu kommen. »Es ist nur, es ist schon – wie spät ist es?«, fragte sie mit einem Anflug von Verzweiflung in der Stimme.

Paige sah Phoebe fragend an und schaute auf ihre Uhr. »Sieben. Gut, ich war etwas spät dran, als ich die Kita verlassen habe. Jonathans Vater hatte eine Besprechung oder so was. Er kam erst eine halbe Stunde, nachdem wir zugemacht hatten.«

»Es geht um Piper«, erklärte Phoebe. »Sie wollte gegen fünf zu Hause sein. Und ich habe noch nichts von ihr gehört.«

Paige zuckte mit den Schultern. »Vielleicht ist sie noch bei dem Treffen mit dem Bandmanager. Wollte sie nicht versuchen, die *Pretty Little Devils* in den Club zu holen?«

»Sie wollten aber nur Termine besprechen«, sagte Phoebe. »Es gibt keinen Grund dafür, dass das so lange dauert. Außerdem kommt Piper *nie* zwei Stunden zu spät, ohne anzurufen. Das ist nicht ihr Stil. *Und* ich musste sie fast aus dem Haus jagen – ohne Wyatt. Sie wollte direkt zurückkommen, um wieder bei ihm zu sein. Das macht irgendwie keinen Sinn.«

»Hast du sie angerufen?«, fragte Paige.

Phoebe atmete tief aus. »Hundertmal. Oder mindestens fünfmal. Die Mailbox schaltet sich sofort ein.«

»Okay, *das* klingt wirklich nicht nach Piper«, stimmte Paige zu. »Hast du irgendwann mal das Haus verlassen? Besteht die Möglichkeit, dass sie eine Nachricht auf dem Anrufbeantworter hinterlassen hat, während du unter der Dusche warst?«

Phoebe schüttelte den Kopf und sah dabei am Boden zerstört aus. »Nein, ich saß den ganzen Nachmittag auf dem Sofa. Ich hatte endlich eine Idee für meine Kolumne, und ich habe ununterbochen geschrieben.« Sie deutete auf das eingeschaltete Notebook.

»Na, das ist doch wenigstens *eine* gute Nachricht«, stellte Paige fest, um etwas Positives zu sagen. Phoebe starrte sie nur an.

Paige griff in ihre Tasche und zog ihr Mobiltelefon heraus. »Mir hat sie auch keine Nachricht hinterlassen«, bestätigte sie nach einem kurzen Blick auf das Display. »Ich stimme dir zu. Das ist offiziell merkwürdig.«

»Also, was machen wir jetzt?«, wollte Phoebe wissen. »Leo rufen?«

Paige zuckte mit den Schultern. »Ich störe ihn nicht gern, solange wir nicht sicher sind, dass irgendwas passiert ist.«

»Und ich sitze nicht gern untätig rum, *falls* etwas passiert ist«, entgegnete Phoebe. »Du bist zur Hälfte Wächterin des Lichts. Kannst du sie irgendwie spüren?«

Paige stand bewegungslos im Durchgang zwischen Flur und Wohnzimmer. Sie schloss die Augen und konzentrierte sich darauf, die Essenz von Pipers Seele in ihrem Bewusstsein auszumachen. Sie atmete ein paarmal tief durch.

Nichts.

Nach einem kurzen Moment öffnete sie die Augen wieder und schaute Phoebe traurig an. »Ich spüre sie nicht!«

»Okay, noch merkwürdiger«, sagte Phoebe. »Wenn du sie nicht spüren kannst, dann ist sie vom Radar verschwunden, und das ist kein gutes Zeichen.« Sie lehnte sich zurück und atmete tief ein, um ihren Schwager zu rufen. Doch bevor sie dazu kam, flimmerte die Luft im Zimmer hell auf. Eine Gestalt erschien aus dem Nichts.

»Leo!«, rief Paige. »Wir wollten dich gerade rufen.«

»Es geht um-«, begann Phoebe.

»Piper«, unterbrach Leo. »Sie ist verschwunden. Völlig weg vom Radar.« Er schaute die beiden grimmig an. »Ich nehme an, das heißt, dass ihr nichts von ihr gehört habt?«

»Nein, und ich kann sie auch nicht spüren«, sagte Paige verzweifelt. »Das bedeutet nichts Gutes.«

»Wann wollte sie nach Hause kommen?«, fragte Leo.

»Sie hat mir gesagt, sie wolle sich um ein paar Sachen kümmern und einen Bandmanager treffen und um fünf wieder zurück sein«, sagte Phoebe. »Eigentlich wollte sie Wyatt nicht noch einmal so lange allein lassen.«

Wyatt begann in seinem Laufstall zu weinen, als er seinen Namen hörte. Phoebe hob ihn hoch und wiegte ihn, bis er sich beruhigt hatte.

»Piper würde nie so spät kommen, ohne anzurufen – vor allem nicht, wenn du inzwischen auf Wyatt aufpasst«, dachte Leo laut.

»Ja, zu dem Schluss sind wir auch gekommen«, stimmte Paige zu. »Also, kannst *du* sie spüren?«

Leo schüttelte den Kopf. »Nein. Und der *Rat* ist sich

auch nicht sicher. Sie haben mich hierher geschickt, weil sie gespürt haben, dass etwas nicht stimmt.«

»Du hast also auch keine neuen Informationen über den Dämon, der die Elfen bedroht?«, fragte Paige. Die Sache entwickelte sich von »schlecht« zu »katastrophal«. Piper war verschwunden, und sie hatten keine Ahnung, wer oder was hinter ihnen her war.

»Es besteht die Möglichkeit, dass es der Dämon Lexor ist. Er war früher ein dämonischer General, dessen Aufgabe es war, eine Armee von apokalyptischen Soldaten anzuführen. Aber vor hundert Jahren hat eine Gruppe von guten Hexen – eure Vorfahren – seine Armee zerschlagen. Ihn selbst konnten sie leider nicht bezwingen. Seitdem ist er versessen darauf, einen neuen Kader aufzubauen. Er hat versucht, Soldaten zu rekrutieren, doch bislang ohne großen Erfolg.«

»Also macht er sich nun daran, Babys zu stehlen und sie als seine eigene Armee aufzuziehen«, vermutete Paige.

Leo schüttelte den Kopf. »Wir sind uns nicht sicher, aber es würde Sinn machen, oder?«

»Wo können wir ihn finden?«, fragte Phoebe leise.

»Nun ja«, sagte Leo langsam, »seine Höhle befindet sich in der Unterwelt. Das ist schon gefährlich genug. Ich glaube nicht, dass es eine gute Idee ist, dorthin zu gehen, bevor wir nicht sicher sind, dass er es wirklich ist.«

»Oh, ich bin mir da sehr sicher«, sagte Phoebe ernst. Sie biss sich auf die Lippe. »Leo, wenn du Piper nicht spüren kannst, dann muss sie in der Unterwelt sein, richtig?«

»Das ist anzunehmen, ja«, antwortete Leo und legte seine Stirn sorgenvoll in Falten.

»So oder so, ob es nun Lexor ist oder irgendjemand oder *etwas* anderes, wir müssen dort hinunter. Wir müssen sie zurückholen. Und je länger wir warten, umso größer wird vielleicht die Gefahr, in der sie schwebt«, sagte Phoebe und schaute Paige an. »Richtig?«

Paige nickte langsam. »Sie hat Recht, Leo.«

»Stimmt. Aber Mädels, wir können nicht wissen, was uns erwartet, wenn wir nicht einmal wissen, mit wem wir es zu tun haben. Im besten Fall ist es Lexor, denn wir haben etwas Hintergrundwissen über ihn. Aber es könnte auch noch schlimmer kommen. Und denkt daran, dass schon eure Vorfahren nicht in der Lage waren, ihn zu bezwingen«, sagte er mit mahnender Stimme.

»Leo, darum geht es nicht«, sagte Phoebe. »Der beste *Fall* ist gleichzeitig unsere beste *Chance*. Und die müssen wir ergreifen.«

Nachdenklich fuhr sich Leo mit den Fingern durchs Haar. »Es gefällt mir nicht. Aber ich stimme euch zu – wir können Piper nicht ewig da unten lassen.« Er blickte die beiden Zauberhaften unsicher an. »Wenn wir sie erst gefunden haben, ist die Macht der Drei auf unserer Seite.« Er seufzte. »Mir gefällt die Idee nur nicht, völlig unvorbereitet da runterzugehen.«

Phoebe holte tief Luft, um zu antworten, als sie plötzlich von einem krampfartigen Anfall geschüttelt wurde. Ihr Bewusstsein wurde von einem schwarzen Abgrund verschlungen, bis diese Dunkelheit von einer Serie unterschiedlicher Bilder durchzuckt wurde:

Piper an eine Wand gekettet – Caitlyn, das Elfen-Kindermädchen, zusammengesunken in einer Ecke – ein Ausbruch magischer Energie von … Wyatt? Die Zauberhaf-

ten, Hand in Hand, vor einem großen, formlosen Wesen mit geiferndem, zuckendem Kiefer und katzenartigen Augen.

Als die Visionen vorüber waren, öffnete Phoebe die Augen und spürte Paiges Arme stützend um ihre Hüfte.

»Was hast du gesehen?«, fragte Paige aufgeregt.

»Ich weiß, wo sie ist«, sagte Phoebe. »Und ich weiß, mit wem sie dort ist. Leo, hat Lexor, ähm, so eine Art Katzenaugen? Und ist er eine große, dunkle Erscheinung mit sabberndem Maul?«

Leo schaute Phoebe an. »Unglücklicherweise ja. Ich vermute, das bedeutet, dass *er* Piper hat.«

Phoebe erzitterte. »Ja. Er gewinnt sicher keinen Schönheitswettbewerb in der Unterwelt, so viel steht fest. Und Caitlyn ist auch da unten. Die Elfen müssen einen Deal mit ihm gemacht haben: Sie haben ihm eine von uns versprochen, wenn er ihre Babys in Ruhe lässt!«

»Um die Macht der Drei zu zerstören, damit er ungestört seine Armee zusammenstellen kann«, ergänzte Paige. »Also hast du *uns* gesehen, wie wir ihm in den Hintern getreten haben, stimmt's? Wie wir seine traurige Existenz durch die Unterwelt prügeln?«

»Nun, ich habe gesehen, wie wir gegen ihn kämpfen«, schränkte Phoebe ein. »Das bedeutet bestimmt, dass wir auch gewinnen.« Sie kreuzte ihre Finger abergläubisch hinter ihrem Rücken.

»Dann lass uns gehen«, sagte Paige.

»Wartet«, rief Leo. »Ich lasse euch nicht alleine gehen.«

»Wir kommen schon klar, Leo«, sagte Phoebe, auch wenn sie sich da selbst nicht so sicher war.

»Was ist, wenn ihr geheilt werden müsst?«, fragte Leo vollkommen ernst.

Phoebe legte frustriert die Finger auf die Lippen.

»Gut. Wenn du mir mit Logik kommst, kann ich wohl nicht dagegen argumentieren. Paige, lauf doch bitte nach oben und sieh nach, ob wir noch ein Anti-Feldherren-Elixier auf dem Speicher vorrätig haben!«

Paige schaute sie zweifelnd an. »Ich weiß nicht, ob ›Feldherr‹ die richtige Bezeichnung für Mister Schlabbermaul ist«, sagte sie vorsichtig.

»Die Macht der Drei«, erinnerte Phoebe sie, »wirkt gegen alles!«

»Was ist mit Wyatt?«, fragte Leo angespannt. »Ich lasse ihn nicht hier zurück.«

»Das ist kein Problem«, sagte Phoebe.

»Du schlägst nicht etwa vor, ihn mitzunehmen, oder?«, fragte Leo.

Phoebe zuckte mit den Schultern. »Wir haben keine andere Wahl, denke ich. Außerdem war er in meiner Vision ja auch mit von der Partie.«

In die Unterwelt zu orben war ein beängstigender Vorgang. Es dauerte nur einen kurzen Moment, bis sich die Gruppe knietief in einem trüben Fluss fand, der nach einer Mischung aus Abwasser und faulendem Gemüse stank.

»Uah, Leo«, sagte Phoebe, während sie verzweifelt versuchte, ausschließlich durch den Mund zu atmen, »hättest du uns nicht irgendwohin orben können, wo es nicht ganz so … verfault stinkt?«

»So funktioniert das leider nicht, Phoebe«, flüsterte Leo. Dabei streichelte er Wyatt, der in einem Tragetuch vor seiner Brust hing. Wyatt war das einzige Mitglied der Gruppe, dem die neue Umgebung nichts auszumachen schien.

»Ich bin nur froh, dass ich heute meine kniehohen Stiefel trage«, witzelte Paige und hob einen Fuß aus dem Wasser. Als sie jedoch bemerkte, in welch durchnässtem Zustand ihr Stiefel war, rümpfte sie die Nase und änderte ihre Meinung schnell wieder. »Vielleicht auch nicht.« Sie hielt inne, um sich zu konzentrieren. »Ich kann Piper spüren«, sagte sie aufgeregt. »Sie ist in der Nähe. Aber es ist schwach. Spürst du, woher es kommt, Leo?«

Leo runzelte die Stirn. »Wie du gesagt hast – sie ist in der Nähe. Aber ich spüre sie nur verschwommen, wie ein verschlüsseltes Signal. Vielleicht hat Lexor eine Art magisches Feld um seine Höhle herum aufgebaut.«

»Wenn dem so ist, haben wir ein Problem«, stellte Phoebe fest.

»Nun ja, vielleicht – oh!«, begann Paige. Sie hatte keine Zeit, ihren Gedanken zu vollenden, denn die Gruppe wurde plötzlich in weißes Licht eingehüllt und in den Äther fortgetragen.

Sie landeten in einem kleinen, feuchten und modrigen Raum mit Steinwänden. Nachdem sie sich von der unvorhergesehenen Reise erholt hatten, schauten sie sich um. Das Erste, was sie sahen, war Caitlyn, die in einer Ecke kauerte.

Dann bemerkten sie Piper.

»Piper!«, rief Phoebe und rannte zu ihrer Schwester, um sie zu umarmen – was jedoch ob der Ketten und der Steinwand nur bedingt möglich war.

»Wie habt ihr mich gefunden?«, fragte Piper.

»Ich war's nicht«, gab Leo zu und schaute zu Paige.

»Ich auch nicht«, sagte Paige schlicht. Sie zeigte auf Wyatt, der glücklich gegen Leos Brust strampelte. »Ich glaube, es gibt einen guten Grund dafür, dass wir ihn dabeihaben.«

»Das ist mein Junge«, sagte Leo stolz.

»Idioten!«, zischte Caitlyn aus ihrer Ecke. »Lexor wird jeden Moment hier sein. Ihr seid verrückt, wenn ihr denkt, ihr könnt ihn besiegen.«

»Vielleicht«, stimmte Piper zu. Dann lächelte sie. »Vielleicht aber auch nicht.«

Bevor sie weitersprechen konnte, erfüllte ein Windstoß den Raum. Plötzlich bildete sich ein tornadoartiger Trichter in der Mitte des kleinen Raums, der schnell größer und stärker wurde.

»Ähm, das sieht aber nicht so gut aus«, rief Paige in das Getöse des Sturms. Das Haar wehte ihr dabei ins Gesicht.

»Glaubst du?«, brüllte Piper zurück. Ruckartig bewegte sie ihre Arme, in der vergeblichen Hoffnung, die Ketten sprengen zu können. Sie gaben nicht nach.

»Lexor kommt«, rief Caitlyn angsterfüllt.

Der Wirbelwind näherte sich seinem Hohepunkt und verschwand plötzlich durch einen Spalt in der Steindecke. Als der Tornado fort war, erschien Lexor selbst: ein gurgelndes, buckliges, geiferndes Biest mit scharfen Haifischzähnen. Darunter war ein massiger, mit Haaren bedeckter Körper zu sehen und darüber die zu Schlitzen verengten, neongrünen Augen.

»Wo ist sie!?«, bellte er Caitlyn an. »*Wo* ist meine Hexe?«

Mit einem Schrei gelang es Caitlyn, auf Piper zu deuten, die an der Wand angekettet war.

Lexor richtete sich auf und wankte mit zwei riesigen Schritten zu Piper. Er beugte sich schwer atmend vor. »Wunderbar«, rief er aus. »Die Macht der Drei, für immer zertrennt.« Er streckte seine überdimensionale Klaue ihrem Gesicht entgegen.

Piper bemühte sich, nicht vor Abscheu loszuschreien, als seine Hand näher kam. Gerade als seine Berührung so unausweichlich schien wie sein Sabbern – *uah*, dachte sie –, fühlte sie ein Kribbeln in ihren Handgelenken, und ihre Arme fielen zu ihren Seiten herab.

»Ketten!«, befahl Paige und streckte ihre Arme aus, um danach zu greifen. Die Ketten ächzten und klirrten, bis sie sich endlich aus der Wand lösten und zusammen mit jeder Menge Mörtel durch den Raum in Paiges Hände flogen. Steinbrocken regneten auf Piper und Lexor nieder – was dem Dämon nicht zu gefallen schien. Er richtete sich auf und brüllte und bedeckte Piper dabei wieder mit seinem feuchten, dämonischen Atem.

»Oh, wie eklig! Warum haben Dämonen eigentlich noch nichts von Mundhygiene gehört?«, fragte sie verzweifelt. Sie drückte sich gegen die Wand, um möglichst viel Abstand zwischen sich und den Dämon zu bringen. Dann schickte sie einen Hexenimpuls los.

Lexor taumelte mit einem lauten Knall gegen die gegenüberliegende Wand – aber er explodierte nicht.

»Verdammt!«, schrie Piper. Sie sah Wyatt schuldbewusst an. »Ich meine, so was *Dummes*.«

Zu diesem Zeitpunkt hatte sich Caitlyn in der Ecke des Raumes zu einem kleinen, zitternden Ball zusammengerollt. Lexor sah sie aus dem Augenwinkel wütend an. »Du hast mir *eine* Hexe versprochen!«, brüllte er und schickte einen Energieball in ihre Richtung. Caitlyn kniff die Augen zu, aber verteidigen konnte sie sich nicht. Der Energieball traf sie, und sie fiel vornüber wie eine Puppe.

»Caitlyn!«, rief Paige und rannte zu ihr. Sie ergriff die dünnen Handgelenke der Elfe. »Leo, sie hat keinen Puls.«

»Paige, wir haben jetzt andere Probleme«, warnte Phoebe, als Lexor gerade ausholte, um einen neuen Energieball zu schleudern – und ihn direkt auf Paiges Kopf abfeuerte. Piper streckte den Arm aus und fing den Energieball ab, der daraufhin in der Luft explodierte.

»Die Hexen sollten *getrennt* werden!«, brüllte Lexor und schlug seine Fäuste wütend gegen die Wand.

»Tja, da hast du wohl Pech gehabt«, sagte Phoebe kalt. »Und Pech kommt immer dreifach.« Sie segelte durch die Luft und platzierte einen Tritt gegen seinen Hals. Er brach zusammen, griff sich an den Hals und schnappte nach Luft.

»Mädels, die Macht der Drei!«, erinnerte sie Leo aufgeregt.

»Oh, richtig«, sagte Phoebe und ging zurück zu den beiden anderen Hexen, um deren Hände zu ergreifen. »Das wird ein Kinderspiel!«

Hand in Hand stellten sich die drei Hexen vor dem geschwächten Lexor auf.

Die Macht der Drei wird uns befrei'n
Die Macht der Drei wird uns befrei'n
Die Macht der Drei wird uns befrei'n

Sie sprachen den Vers gemeinsam, aber er schien keine große Wirkung zu haben. Wenn überhaupt, denn Lexor sah sogar etwas erholt aus. Und so, als wäre er noch wütender als zuvor.

»Ähm, nächste Idee?«, fragte Piper nervös.

»Keine Ahnung. Wir hatten eigentlich gedacht, dass die Macht-der-Drei-Nummer funktioniert«, gab Paige zu. Ihr gefiel die Situation überhaupt nicht.

Lexor grinste verschlagen. »Sieht so aus, als müsste ich euch überhaupt nicht trennen, ihr lieben Zauberhaften«, stellte er plump fest. »Denn nun kann ich drei Hexen auf einen Streich töten.«

Plötzlich erinnerte sich Phoebe an ihre Vision, und ihr kam ein Geistesblitz. »Paige, orbe Wyatt her! Orbe Wyatt her!«, rief sie hektisch.

Paige streckte die Arme aus und rief ihren Neffen. »Wyatt!«, sagte sie. Als er sicher bei ihr gelandet war, gab sie ihn an Piper weiter. »Ein wenig Extraenergie von unserem zauberhaften Baby«, erklärte sie und kreuzte die Finger hinter dem Rücken, damit es auch funktionierte. Die Hexen fassten sich wieder an den Händen.

Die Macht der Drei wird uns befrei'n!

Sie riefen es diesmal noch kraftvoller aus. Wie aus dem Nichts wurden sie von einer starken Energiewelle erfasst. Die Knie der Drei gaben nach, und sie taumelten zurück. Eine Wand stürzte ein und begrub Lexor unter sich. Seine Haut riss und löste sich ab, bis sie zu einem Haufen Asche zerfiel. Er öffnete den Mund, um zu schreien, aber der Zerfall seines Körpers setzte sich rasend schnell fort und war abgeschlossen, bevor er auch nur einen einzigen Ton von sich geben konnte.

Mit einem letzten Knirschen stürzte auch der letzte Rest der Wand in sich zusammen und alles, was übrig blieb, war der leichte Geruch von Benzin und ein

Staubhaufen, der – nur Momente zuvor – Lexor gewesen war.

Paige nieste. »Ekelhaft. Ich glaube, ich bin allergisch gegen Dämonenstaub.«

»Immer noch besser als Birkenpollen«, stellte Phoebe fest. »Und weniger verbreitet während der Sommermonate.«

»Wyatt, du bist so ein braver, geduldiger und starker Junge«, trällerte Piper ihrem Sohn zu, während sie ihn in seinem Tragetuch schaukelte und sein Kinn kraulte. »Ohne dich hätten wir das nicht geschafft!«

»So viel ist sicher«, sagte Phoebe und wischte sich die Überreste von Lexors Staub von der Stirn. »Ein dreifaches Hoch auf die Mutterschaft!« Sie hob ihre muskulösen Arme zu einer Triumphgeste.

»Ähm, Mädels, Caitlyn atmet nicht mehr«, sagte Paige. Sie beugte sich in Caitlyns Ecke über die Elfe, die eine bläuliche Farbe angenommen hatte.

Leo nahm Wyatt aus Pipers Armen und brachte ihn zu Paige. »Da seine Mitwirkung beim letzten Mal so erfolgreich war, geben wir ihm doch noch eine weitere Chance, den Tag zu retten!«, schlug er vor.

Paige schlang einen Arm um Wyatts Hüfte und balancierte ihn auf ihrem Knie. Sie nahm seine kleine Hand und hielt sie in der ihren über Caitlyns leblosen Körper. Langsam strömte aus ihren Händen ein helles Leuchten. Es wurde immer heller und breitete sich über dem Körper der Elfe aus.

Plötzlich setzte sie sich auf, hustete und blinzelte Paige an. »Du hast mich gerettet«, stellte sie ergriffen fest. »Und das nach allem, was passiert ist.«

Paige senkte den Kopf zu Wyatt, der bis über beide Ohren strahlte. »*Er* war es. Offensichtlich ist er nicht nachtragend.«

»Ich bin ihm sehr dankbar«, antwortete Caitlyn ernst.

»Fühlst du dich fit genug für eine kleine Reise?«, fragte Piper. »Wir bringen dich zurück in dein Dorf.«

»Das würdet ihr tun?«, fragte Caitlyn ungläubig. »Nach allem, was die Elfen angerichtet haben? Und nach all dem Ärger, den wir über euch gebracht haben?«

»Nun, ja, aber nicht ganz ohne Hintergedanken«, stellte Paige klar.

Caitlyn nickte resigniert. »Das überrascht mich nicht«, sagte sie. Sie klopfte sich den Staub von den Kleidern und stand auf. Dann sah sie die Zauberhaften mit grimmiger Entschlossenheit an. »Lasst uns gehen«, sagte sie.

Sie stellten sich zusammen auf und orbten zum Elfendorf.

Der Elfenkönig Rowan schien ungeheuer erstaunt, als die Zauberhaften plötzlich auf dem königlichen Teppich vor ihm standen. »Ähm, hallo«, konnte er nach einem Moment peinlicher Stille nur herauspressen. »Wie geht es euch?«

»Du kannst dich freuen. Wir haben uns um deinen Dämon gekümmert«, sagte Phoebe und starrte ihn an. »Lexor ist weg. Wenn du uns mehr Zeit gegeben hättest, hätten wir ihn erledigt, ohne dass Piper entführt und Caitlyn verletzt worden wäre.«

Caitlyn ließ voller Scham den Kopf hängen. »Es ist wahr, Rowan. Die Hexen haben mich vor Lexor gerettet. Wir hätten ihnen vertrauen sollen. Wir hätten keinen Handel mit einem Dämon abschließen dürfen.«

»Das ist niemals eine gute Idee«, warf Piper ein.

»Also ist alles gut ausgegangen?«, fragte Rowan.

»Nicht ganz, mein Freund«, sagte Piper kopfschüttelnd.

»Wir wissen, dass ihr Elfen eigentlich keine von Natur aus bösen Geschöpfe seid«, erklärte Paige. »Aber ihr …«, begann sie vage.

»Vielleicht liegt es daran, dass ihr hier draußen in den Wäldern lebt, völlig zurückgezogen von anderen Elfen und Zauberwesen. Nichts für ungut, aber so wie ihr euch in letzter Zeit verhalten habt, glauben wir, dass ihr etwas verrückt geworden seid«, sagte Piper.

»Wir meinen das so nett wie möglich!«, hüstelte Phoebe. »Aber es stimmt schon: Menschenbabys zu stehlen, um sie einer dämonischen Armee auszuliefern, gemeinsame Sache mit einem Dämon zu machen, um die Zauberhaften zu entzweien – das macht euch nicht gerade zu den Elfen des Jahres.«

»Was werdet ihr uns antun?«, fragte Rowan angsterfüllt. Er schien endlich den Ernst der Lage zu begreifen.

»Wir wollen euch nicht zerstören, aber wir müssen euch kontrollieren«, erklärte Piper. »Also werden wir eure Zauberkräfte binden.«

»Wir werden keine Zauberkräfte mehr besitzen?«, entfuhr es Caitlyn.

»Wir nehmen sie euch nicht weg, wir binden sie bloß«, sagte Piper vorsichtig. »Und zwar nur die, die es euch ermöglichen, den Menschen etwas anzutun … oder uns.«

»Ihr seid gar nicht in der Lage, *all* unsere Kräfte zu binden«, konterte Rowan wütend.

»Willst du wetten?«, fragte Paige. »Aber das werden wir gar nicht tun. Wir wollen euch nicht verteidigungsunfähig zurücklassen. Zum Versammlungsraum!«, rief sie, schloss die Augen und orbte alle fort.

Als sie die Augen wieder öffnete, befanden sie sich vorn im Versammlungssaal, umgeben von verwirrt dreinblickenden Kreaturen. Ein leises, sorgenvolles Tuscheln erfüllte den Saal.

»Piper, friere sie ein!«, schlug Phoebe vor.

»Oh, ja, gute Idee«, erwiderte Piper, schwang ihre Handgelenke und brachte den Raum damit zum Stillstand. Sie drehte sich zu ihrer Schwester. »Hast du einen Bindungs-Zauberspruch parat?«

Phoebe schaute Piper mit großen Augen an. »Ähm, wie wäre es mit …« Sie dachte angestrengt nach. »Oh!«

Kreaturen des Waldes,
die sich dem Guten entwinden!
Um uns selbst zu schützen
müssen wir eure Kräfte binden!

Stolz blickte sie die beiden anderen Zauberhaften an. »Gut so?«

Paige deutete auf eine kleine sichtbare Welle Magie, ähnlich einer Hitzewelle, die durch die Reihen der Elfen rollte. »Sieht aus, als hätte es funktioniert«, sagte sie.

Piper streckte den Arm aus und brachte Leben zurück in den Saal. Rowan versuchte daraufhin sofort, einen Zaubertrick an den drei Hexen auszuprobieren. Ein leises »plopp« war zu hören – sonst geschah nichts. Er versuchte den gleichen Trick an einem unschuldigen Elf, der sich sogleich in einen kleinen Hasen verwandelte. Rowan seufzte und verwandelte ihn zurück in einen Elfenjungen.

Die Halliwells sahen einander zufrieden an. »Es hat definitiv funktioniert«, sagte Piper.

»Das könnt ihr nicht machen!«, schrie Rowan wütend. Er sprang auf und ab und stampfte mit den Füßen auf.

»Wir können, wir haben es getan, und jetzt gehen wir wieder«, entgegnete Phoebe.

»Wenn man bedenkt, was alles passiert ist, seid ihr noch mal gut weggekommen«, kommentierte Paige. Sie entdeckte Caitlyn im Saal und blickte sie an. »Und du … dich möchte ich nicht noch mal in einer Kindertagesstätte sehen, okay?«

Caitlyn nickte kurz und ergeben.

Leo streckte die Arme aus und rief die Zauberhaften herbei. »Seid ihr bereit?«, fragte er.

Die Drei schauten ihn mit einer Mischung aus Erschöpfung und Vorfreude an. »Ja, gern«, sagten sie gleichzeitig. Wyatt gluckste in seinem Tragetuch an Leos Brust.

Dann orbte die Gruppe zurück zum Hause und ließ Rowan und sein Königreich zurück.

10

*A*LS PAIGE AM NÄCHSTEN MORGEN zur Arbeit kam, war sie nicht erstaunt, dass der Säuglingsraum wieder voll besetzt war. »Sie sind alle zurück!«, rief sie Dori freudig zu. »Wunderbar!«

Dori strahlte über das ganze Gesicht und balancierte dabei ein Baby auf jeder Schulter. Sie schien wirklich begeistert über diese überraschende Entwicklung zu sein. »Ja, sie wurden als allererste heute Morgen gebracht. Ohne richtige Erklärung, aber alle Eltern haben gesagt, dass sie sich endlich wieder normal verhalten. Ich hatte schon Angst, dass die Eltern ihre Kinder nie wieder zu uns bringen würden. Aber das ist ja wohl der Beweis, dass man uns am Ende *doch* vertraut!«

»Ich denke auch«, sagte Paige lächelnd. Sie war froh zu sehen, dass ihre Chefin wieder Selbstvertrauen hatte. Paige war sogar so gut gelaunt, dass sie nach der Arbeit im Surfshop vorbeischauen wollte. Immerhin hatte sie noch immer Drews Visitenkarte.

»Und noch was!«, platzte Dori in Paiges glückliche Träumerei. »Ich habe jemand Neues eingestellt!«

Paige wurde sofort hellhörig. »Wie hast du sie gefunden?«, fragte sie.

»Ihn, um genau zu sein. Ich habe ihn über eine Zeitarbeitagentur gefunden, so wie dich. Wir haben uns gestern Abend zu einem Gespräch getroffen, nachdem du gegangen warst. Er macht seinen Abschluss in der Primarstufe. Sehr ungewöhnlich für einen Mann, findest du nicht auch?«

»Ja, das ist es«, stimmte Paige zu. Sie hoffte nur, dass

in diesem Fall ›ungewöhnlich‹ nicht so viel hieß wie ›schwarze Magie‹.

»Und er wird hier wirklich nützlich sein, weil er so unglaublich groß ist!«, erklärte Dori weiter. »Ich glaube, fast eins neunzig! Endlich jemand, der die Glühbirnen wechseln kann!«, stellte sie enthusiastisch fest.

Paige seufzte beruhigt. Dann kann ich wenigstens ausschließen, dass es sich um eine verrückte Elfe handelt, dachte sie. Das ist doch mal eine gute Nachricht. Sie klopfte Dori motivierend auf den Rücken und ging dann hinüber zu einem der Basteltische, an dem Natalie alleine saß und malte.

Paige setzte sich auf den Stuhl neben sie. »Wie geht's dir heute, Natalie?«

Natalie sah Paige fragend an. »Meinst du, ob ich glücklich bin, weil die richtigen Babys zurück sind?«

»Nun, es war eigentlich eine allgemeine Frage«, antwortete Paige.

Natalie nickte. »Ich bin froh, dass die schreckliche Schwester weg ist.«

»Ich auch«, stimmte Paige zu. »Sie kommt nicht zurück, das verspreche ich dir. Und du solltest etwas wissen, Natalie«, fuhr Paige fort. »Ich hätte nie erfahren, was mit den Babys nicht stimmt, wenn du mir nicht geholfen hättest. Ich möchte deshalb nicht, dass du jemals glaubst, mit deiner Fantasie wäre etwas nicht in Ordnung. Wenn es Menschen gibt, die davon nichts hören wollen, kann ich das nicht ändern. Aber ich kann dir *versprechen*, dass es immer Menschen geben wird, die dir zuhören. Und dir glauben. Menschen wie ich.«

Natalies Augen füllten sich mit Tränen. Sie legte ihre Malstifte weg und warf ihre Arme um Paiges Hals.

In diesem Moment wollte Paige nie wieder irgendwo anders arbeiten. »Danke«, flüsterte Natalie. »Danke, Paige.«

»Danke dir, Phoebe«, sagte Elise, die in der Tür zu Phoebes Büro stand. »Dank dir vielmals für die Kolumne! Was soll ich sagen? Sie war … inspirierend. Wirklich.«

Phoebe zuckte verhalten mit den Schultern. Sie war um Gleichmut bemüht, aber ohne Erfolg. Was soll's dachte sie. Ich habe mir wirklich den Kopf zerbrochen, um auf diese Idee zu kommen! Klar, ich bin stolz darauf!

»Es fiel mir einfach so ein«, erklärte sie. »Ich hatte so viele Briefe über neugeborene Babys von verschiedenen Müttern bekommen, und ich wünschte mir, sie alle zusammen in einen Raum zu bekommen, damit sie ihre Probleme austauschen können. Es erschien mir als die beste Lösung. Immerhin sind *sie* die Experten mit praktischer Erfahrung, nicht ich. Ganz egal wie viele Stunden ich Tante spiele.«

»Nun, du solltest wissen, dass das Telefon nicht mehr aufhört zu klingeln. Alles Anrufe von Lesern, die von deiner Idee *begeistert* sind. Ehrlich. Eine Online-Selbsthilfegruppe! Für Mütter. Eine Seite, auf der Mütter in Echtzeit chatten und Fragen stellen können. Das ist perfekt. Ich verstehe gar nicht, warum wir so lange gebraucht haben, darauf zu kommen!«

»*Wir?*«, fragte Phoebe.

»Na, du«, gab Elise zu und winkte in Phoebes Richtung. »Aber jetzt kommt's. Wir werden unsere Techniker beauftragen, eine Site für deine Selbsthilfegruppe in unserem eigenen Internetauftritt aufzubauen. Und wir möchten, dass du dich um die Inhalte kümmerst.«

Phoebe schluckte vor Freude. »Du meinst ›von Mutter zu Mutter‹?«

»… Mutter zu Mutter, Freundin zu Freundin, Studentin zu Studentin … Ohne Einschränkungen, Phoebe. Es ist dein Baby. Aber nur, wenn du willst.«

Phoebe sprang vor Freude aus ihrem Stuhl auf. »Ohne Scherz? Ein ganz neuer Bereich auf der Website? Nur für mich? *Natürlich* will ich! Elise, tausend Dank!«

»Mir brauchst du nicht zu danken, Phoebe – aber ich weiß das zu schätzen«, sagte Elise. »Das hast du ganz allein geschafft.«

Nachdem Elise gegangen war, genehmigte sich Phoebe einen Moment, um sich in dem Lob zu sonnen. Die Idee war in der Tat *ihre* gewesen. Sie hatte vielleicht nicht die Antworten auf all die Fragen der Mütter gehabt, aber sie wusste, wie man ihnen helfen konnte, sie zu finden. Sie liebte ihren Job, und sie war gut darin.

Sie war Wyatt eine gute Tante und eine gute Beschützerin der Unschuldigen. Und wenn es einmal an der Zeit sein sollte, selbst Mutter zu werden, nun … sie hatte den Eindruck, dass sie auch das ziemlich gut hinbekommen würde.

»Piper, bist du dir *sicher?*« Leo schien zum hundertsten Mal nachzufragen.

Piper stemmte ihre Hände in die Hüften und baute sich vor ihrem Mann auf. »Ja, ich bin mir sicher. Ich könnte nicht sicherer sein. Wenn die Sicherheitspolizei durch San Francisco fahren würde, könnte sie mich wegen der gefährlichen Überdosis an Sichersein festnehmen.«

Leo lächelte. »Okay. Das wollte ich nur wissen.«

»Doppelt und dreifach«, sagte Piper und grinste ihn

an. Sie drehte sich von der Spüle weg, in der sie gerade das Frühstücksgeschirr abwusch, und gab ihm einen schnellen Kuss auf die Wange. »Ich werde meine innere Mutti wieder aktivieren«, sagte sie. »Ich werde kochen, putzen und mich um meinen Sohn kümmern.«

»Ein guter Plan, Schatz«, stimmte Leo zu. »Aber ich mache mir Sorgen, dass du dabei etwas abdrehst. Wie wir beim letzten Mal besprochen haben …«

»Richtig. Und erinnerst du dich, wie toll *das* funktioniert hat?«, erinnerte ihn Piper. »Wyatt war ein Wechselbalg, und jedes Mal, wenn ich in den Club gefahren bin – egal warum –, war ich am Ende abgelenkt oder in Gefahr!«

Leo seufzte müde. »Ja, ich erinnere mich«, räumte er ein. »Ich versuche nicht, dich zu irgendwas zu überreden. Aber ich werde heute Nachmittag hier bleiben, falls du etwas brauchst!

»Ich komme klar«, insistierte Piper. »Wenn ich mit dem Abwasch fertig bin, backe ich Maisbrot für das Abendessen. Und der Gärtner kommt später vorbei, um den Rasen zu düngen. Ich habe alles unter Kontrolle.«

Leo nickte. »Du bist eine wahre Haushaltskönigin!«, sagte er. »Ich bin dann oben und lese.«

Während Leo nach oben ging, wendete sich Piper leise summend wieder dem Geschirr zu. Sie war froh, einen Nachmittag zu Hause mit dem Kleinen zu haben. Die ganze Balance-Nummer war viel zu stressig und – wie sie auch Leo gerade erklärt hatte – in letzter Zeit hatte es nicht so gut geklappt. Heute würde sie nur noch das Geschirr fertig spülen, backen und dann … – in diesem Moment fing Wyatt an zu weinen.

Sie drehte sich um und ließ zu ihrem Entsetzen die

Tüte mit dem Maismehl fallen. Wyatt wurde vollkommen mit Mehl bedeckt. Mit großer Freude tauchte er jetzt auch noch die Hände in den riesigen Haufen, der auf seinem Stuhl gelandet war. Die Tüte selbst lag kopfüber auf dem Boden; das Mehl verteilte sich über die Fliesen.

»Wyatt«, rief Piper aus. Sie rannte zu ihm und versuchte verzweifelt, das Mehl mit den Händen aufzuklauben.

Dummerweise hatte sie in der Hektik vergessen, ihre Spülhandschuhe auszuziehen. Jetzt klebte das Mehl in dicken Brocken an dem nassen Gummi. Nicht gut.

Das Geräusch von auf den Boden tropfendem Wasser erinnerte Piper daran, dass sie den Hahn nicht zugedreht hatte. Sie rannte zurück zur Spüle, drehte den Wasserhahn zu und hinterließ dabei eine dicke Mehlspur. Dann lehnte sie sich mit dem Rücken an die Spüle.

»Krise abgewendet«, sagte sie zu Wyatt, der die ganze Sache ziemlich komisch fand. »Jaja, lach du dich nur scheckig«, sagte sie müde. Sie drehte sich um, griff nach einem Schwamm und rutschte auf dem nassen Boden aus. Wie eine Tonne Ziegelsteine ging sie zu Boden.

In diesem Moment klingelte es an der Haustür.

»Der Gärtner!«, hörte Piper aus der Richtung der Eingangstür. Sie hielt einen Augenblick inne, um sich zu sammeln. Es klingelte wieder, diesmal mit Nachdruck. Dann klopfte der Gärtner laut gegen die Tür.

Schimmerndes, weißes Licht signalisierte, dass Leo in die Küche zurückgekommen war. »Piper, hast du den Gärtner nicht gehört ...« Er brach ab, als er sie mit überkreuzten Beinen in einer Pfütze auf dem Boden sitzen sah, umgeben von Maismehl. »Oh«, sagte er schnell. »Ich führe den Gärtner mal eben nach hinten.«

»Würdest du das tun? Das wäre großartig«, sagte Piper, sehr darum bemüht, so gelassen wie möglich zu klingen.

Als Leo wiederkam, hatte sie sich aufgerappelt und die Handschuhe ausgezogen. »Hast du dich verletzt?«, fragte er und schaute sie besorgt an.

Sie schüttelte den Kopf. »Nur meinen Stolz.«

Leo nahm ihre Hände und sah ihr in die Augen. »Ich glaube, Piper, heute Nachmittag kommt eine neue Gläserladung ins *P3*. So gegen drei Uhr. Du bräuchtest nur ein bis zwei Stunden. Ich denke, der Manager wäre froh, wenn du das vor Ort überwachen könntest.«

Piper zog die Augenbrauen hoch. »Oh, denkst du?«, fragte sie und blinzelte ihn an.

»Piper, ich glaube, man kann nicht alles haben«, sagte Leo liebevoll. »Aber wenn du es auf Teufel komm raus versuchen willst, dann wäre es vielleicht am besten, eine Balance zu finden.«

»Du hast mir gesagt, ich solle aufhören, immer nur in Schwarz und Weiß zu denken«, erinnerte ihn Piper. »Ich vermute, damit hattest du wohl Recht.«

»Meinst du damit etwa, du bist endlich bereit für die Grautöne des Lebens?«, fragte Leo mit gespielter Ungläubigkeit.

»Ich meine«, Pipers Blick glitt noch einmal über das Minenfeld Küche, »ich meine, je grauer, desto besser. Ich werde die Lieferung für das *P3* überwachen. Wenn es okay für dich ist, solange auf Wyatt aufzupassen.«

»Mehr als okay«, sagte Leo und küsste sie auf die Nasenspitze. »Ich freue mich darauf.«

»Mmm«, antwortete Piper und küsste ihn leidenschaftlich. »Und eins noch.«

»Alles, was du willst«, sagte Leo. »Sag es nur.«

Piper sah ihn an. Sie deutete auf die Küche. »Versprich mir, dass du die Küche sauber machst, während ich weg bin.«

Leo klopfte Piper spielerisch auf die Schulter, und beide begannen zu lachen. Wyatt fand die ganze Sache scheinbar unglaublich amüsant und stimmte in das Gelächter mit ein.

Das war Musik in Pipers Ohren. Ich werde für eine Weile die Haushalts-Piper sein, beschloss sie. Und dann geh ich los und verwandle mich vorübergehend in die Arbeits-Piper. Und dann komme ich wieder nach Hause. Ich muss lernen, ein paar Kompromisse einzugehen, wenn das alles funktionieren soll – und wenn ich nicht den Verstand verlieren will.

Während sie Leos Lachen lauschte, das sich mit dem von Wyatt vermischte, wurde ihr klar, dass Kompromisse in Ordnung waren. Nein – besser als in Ordnung. Sie waren eigentlich genau das, was sie brauchte.

Neue Abenteuer mit den *Zauberhaften*!

Verwunschen
ISBN 3-8025-3486-7

Die Macht des Rings
ISBN 3-8025-3392-5

Schwarzes Herz
ISBN 3-8025-3393-3

Liebeszauber
ISBN 3-8025-3391-7

Egmont vgs verlagsgesellschaft, Köln
www.vgs.de

Charmed™
ENDLICH AUF DVD
Charmed
DIE KOMPLETTE ERSTE SEASON
VOLUME I
Die Macht von Dreien
kann keiner entzweien!
JETZT AUF DVD
IN ZAUBERHAFTEN
HALF-SEASON-BOXSETS
Paramount
DVD
www.charmed.paramount.de